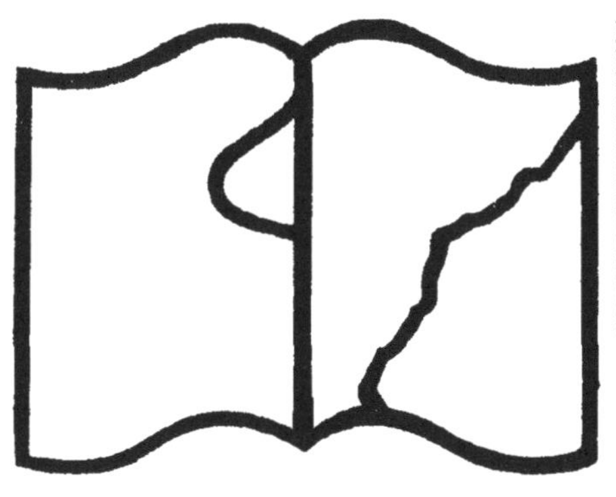

Couvertures supérieure et inférieure détériorées

Début d'une série de documents en couleur

COUVERTURES SUPERIEURE ET INFERIEURE D'IMPRIMEUR

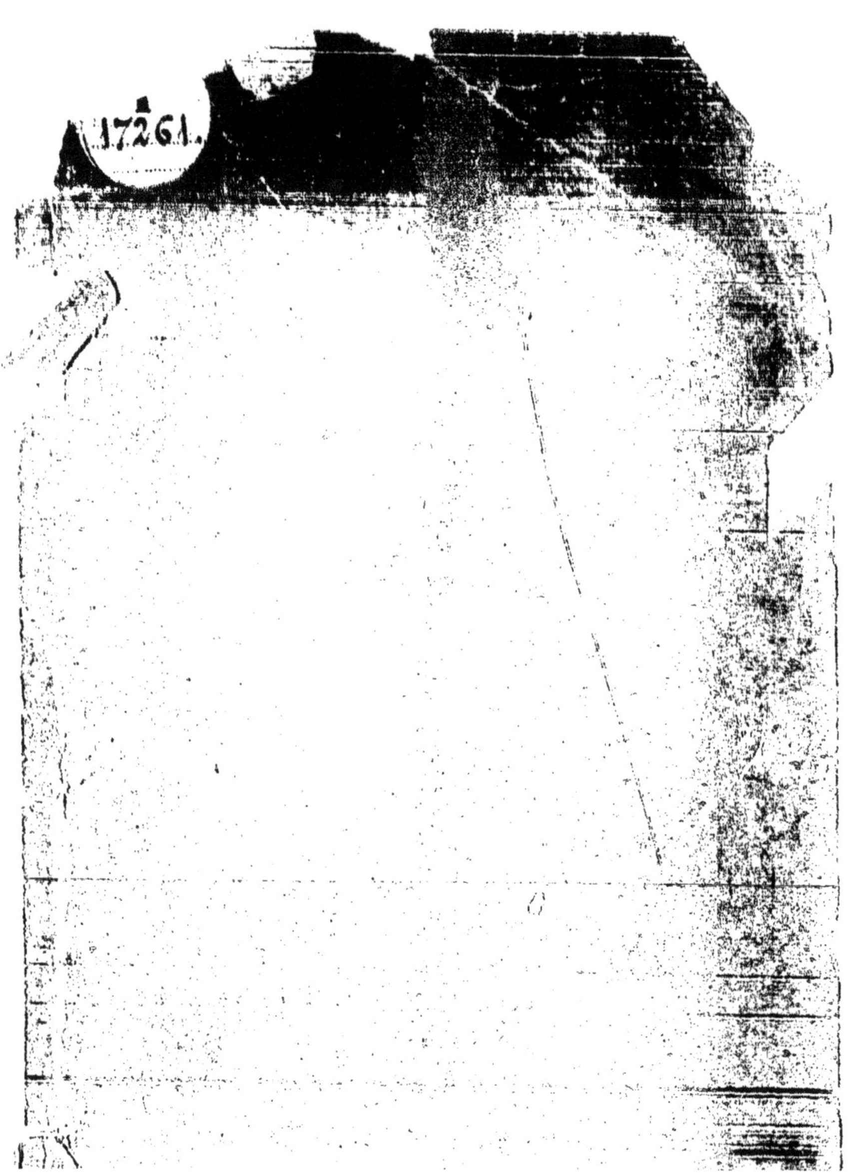
17261.

Fin d'une série de documents
en couleur

LES JEUDIS

CHEZ GRAND'MÈRE

2e SÉRIE PETIT IN-8°

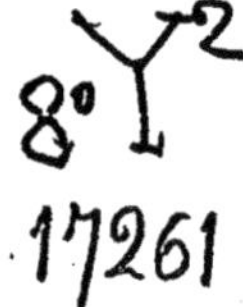

Petit-Pierre savait attirer les chalands en se contentant
d'un modeste bénéfice. (P. 17.)

LES JEUDIS

CHEZ GRAND'MÈRE

PAR

MARIE GUERRIER DE HAUPT

TOURS

ALFRED MAME ET FILS, ÉDITEURS

M DCCC XCIV

LES JEUDIS

CHEZ GRAND'MÈRE

Quand nous étions enfants, grand'mère avait l'habitude de nous réunir tous, le premier jeudi de chaque mois, dans la charmante petite maison qu'elle habitait avec ses deux vieux serviteurs, le bon François et sa femme Jeanne.

Ces jeudis passés chez grand'mère étaient pour nous des jours de fête impatiemment attendus. Elle nous aimait tant, cette chère bonne maman! Elle nous gâtait si bien! Et puis nous aimions aussi son beau jardin, plein de fleurs et de fruits, que nous mettions au pillage, sans souci de ses douces remontrances ni des plaintes de François, qui, remplissant l'office de jardinier, avait pour plusieurs jours de besogne à réparer les dégâts causés par nous.

C'est que nous étions là sept, cousins et cousines, enfants du fils et des deux filles de grand'mère. Il y avait d'abord Georgette et Louise, avec leur frère Michel; puis Henri, et Marguerite sa sœur, et enfin

Pierre et Marie, les plus âgés de la troupe, qui n'en étaient pas pour cela les plus raisonnables.

Il est vrai que Pierre, le plus vieux de nous tous, avait à peine dix ans, et qu'à dix ans, quoiqu'on se considère déjà comme un petit homme, on aime beaucoup le jeu, le bruit et le mouvement.

Pendant la belle saison, tout allait bien. Nous prenions nos ébats dans le jardin, et François souffrait seul de notre turbulence.

Mais quand le froid et la pluie nous forçaient de rester à la maison, bonne maman et la vieille Jeanne devenaient nos victimes. La tranquille petite demeure, si paisible, si proprette et si bien tenue, retentissait de nos cris et de nos rires. C'étaient, du haut en bas de l'escalier, de bruyantes dégringolades qui mettaient grand'mère dans des transes continuelles par la crainte qu'il ne nous arrivât quelque accident. Toutes les chaises, placées les unes sur les autres pour représenter des murailles, des voitures ou des forêts, étaient brisées ; les lunettes de grand'mère se prélassaient sur le petit nez de Georgette ; les aiguilles de son tricot servaient à Pierre à enfiler de petits morceaux de papier, représentant les marchandises variées que le négociant en herbe offrait aux acheteurs. La poupée de Marguerite, qui « avait froid », était couchée dans le manchon de bonne maman. Puis venait le chapitre des imprudences : petit Michel s'approchait trop du feu ; Marie se penchait à la fenêtre ; Henri trempait ses doigts dans l'encrier et barbouillait son visage d'encre ; Louise posait des tartines de beurre ou de confitures sur les fauteuils. Enfin c'était à n'y pas tenir.

Aussi bonne maman, pour mettre un terme à ce

déplorable état de choses, prit-elle un grand parti.

Certain jeudi de mauvais temps, elle nous rassembla autour d'elle, et, nous montrant un cahier soigneusement attaché avec des rubans bleus, elle nous dit :

« Mes chers petits, je me suis occupée de vous pendant tout ce mois, et nous allons, si vous le voulez, faire ensemble un arrangement. J'ai préparé à votre intention dans ce cahier plusieurs histoires qui, je l'espère, vous amuseront. Je vous en lirai une chaque jeudi, en attendant l'heure du dîner, quand vous aurez été sages pendant la matinée, c'est-à-dire quand vous vous serez amusés tranquillement, sans faire trop de bruit, sans trop mettre de désordre dans la maison, et quand vous vous serez montrés doux et obéissants envers moi et envers la bonne Jeanne, que vous tourmentez continuellement. Cet arrangement vous convient-il ?

— Oui, grand'mère ! oui, grand-mère ! » s'écria-t-on de toutes parts.

Puis une petite voix claire, — je ne sais plus laquelle, — ajouta :

« Quand nous lirez-vous la première histoire, bonne maman ?

— Aujourd'hui même, si vous êtes assez sages pour le mériter.

— Oh ! nous le serons ! » reprit-on en chœur.

En effet, tout le monde fut si sage, que bonne maman n'eut que des compliments à nous adresser.

A l'heure dite, elle nous fit donc asseoir en cercle autour d'elle, et, au milieu d'un silence religieux, elle commença la lecture, récompense de notre bonne conduite.

Ce divertissement nous plut si fort qu'à dater de ce jour-là grand-mère n'eut plus besoin de nous gronder. Quand nous montrions quelques velléités d'indiscipline, il lui suffisait de nous dire : « Si l'on n'est pas sage, pas d'histoire ce soir ! »

Aussitôt tout rentrait dans l'ordre.

Plus tard, devenus grands, nous avons retrouvé le cahier noué de rubans bleus où se trouvaient les histoires de nos jeudis chez grand'mère. Ce sont ces histoires, chers petits amis, que vous allez lire à votre tour.

LES

BOTTES DE SEPT LIEUES

Il était une fois...

Ah ! mon Dieu ! est-ce que vous allez nous dire un conte de fée? Mais personne ne vous écoutera ! Il y a beaux jours que les fées sont passées de mode, par le temps de positivisme où nous vivons.

Qu'on se rassure. Il ne s'agit pas ici d'un de ces contes auxquels, dans le bon vieux temps, les grandes personnes elles-mêmes s'intéressaient, et qui feraient hausser les épaules aux petits enfants d'aujourd'hui. Il s'agit, au contraire, d'une histoire toute moderne, et dont bon nombre de mes lecteurs connaissent peut-être le héros.

Donc, il était une fois un pauvre gamin de quatorze ans, qui se nommait Pierre, et qu'on appelait Petit-Pierre, parce que sa taille était moins élevée que celle des autres enfants de son âge.

Petit-Pierre, devenu orphelin alors qu'il n'avait encore que deux ans, était resté à la charge d'une vieille parente très peu fortunée, mais qui, ne voulant pas laisser prendre à l'enfant des habitudes de paresse et de vagabondage, s'était imposé des sacrifices pour l'envoyer à l'école. Aussi celui-ci, qui était intelligent, savait-il lire, écrire et compter d'une manière très passable.

Mais, un jour, la vieille parente mourut, laissant, au lieu d'économies, des dettes, que la vente de son chétif mobilier ne put même pas acquitter complètement.

Petit-Pierre, pour ne pas mourir de faim, se plaça à l'entrée d'un théâtre. Il se mit à ouvrir les portières des voitures aux spectateurs qui arrivaient, et qui le rudoyaient plus souvent qu'ils ne lui donnaient la menue monnaie dont le pauvre garçon avait si grand besoin.

Mais l'argent obtenu ainsi ressemblait à une aumône ; Petit-Pierre le comprenait, et, comme il était fier, il en souffrait. D'ailleurs la profession d'ouvreur de portières, quelle que soit l'habileté de celui qui l'exerce, n'a jamais été considérée comme pouvant servir de début à une carrière brillante.

Et Petit-Pierre était non seulement fier, mais ambitieux, il rêvait une carrière brillante, une grande fortune. Le spectacle qu'il avait chaque soir sous les yeux n'était pas fait pour le ramener à des idées plus en rapport avec sa position. Il voyait sans cesse de luxueux équipages d'où sortaient des messieurs à l'air important, conduisant des dames richement parées. Il entendait les laquais galonnés parler des fêtes qu'on donnait chez leurs maîtres. Il savait mieux que les habitués du turf quels chevaux devaient être engagés aux courses prochaines, et plus d'une fois

Petit-Pierre le colporteur.

il lui était arrivé de dire à l'avance quel serait le gagnant.

Aussi, appuyé contre le mur, près de la porte du théâtre, d'où il guettait les voitures qui arrivaient, se prenait-il souvent à murmurer avec un accent de regret impossible à rendre :

« Oh ! si j'étais riche ! si j'avais aussi ma voiture, mes domestiques, et dans ma poche un portefeuille plein de billets de banque pour satisfaire à toutes mes fantaisies !

— Excusez du peu ! lui répondit un soir d'un ton moqueur un de ses camarades, à peu près du même âge que lui, mais beaucoup plus grand. Une voiture, des domestiques, des billets de banque à discrétion, rien que ça ! Ne te gêne pas, fais-toi servir, camarade, si tu n'as qu'à vouloir ! Seulement tu n'oublieras pas les amis, n'est-ce pas ?

— Oh ! si je n'avais qu'à vouloir ! reprit tristement Petit-Pierre.

— Oui, — si, — malheureusement il y a un si. Autrement, crois-tu que tu sois seul de ton goût ? Crois-tu que je n'aimerais pas tout autant que toi à avoir mes aises, s'il suffisait de vouloir ? Si j'avais seulement à mes ordres le chat du marquis de Carabas, ou les bottes de sept lieues du Petit-Poucet ! »

Ces messieurs, on le voit, avaient de la littérature.

« Les bottes de sept lieues ! reprit Petit-Pierre, rejetant en arrière sa tête intelligente ; les bottes de sept lieues existent ! Seulement, les trois quarts du temps, ceux qui les possèdent se savent pas s'en servir. Oh ! si j'avais seulement... vingt francs, ce serait pour moi de fameuses bottes de sept lieues ;

et je te réponds que dans quelques années elles m'auraient mené loin ! »

Un monsieur bien mis, prenant l'air hors du théâtre pendant l'entr'acte, avait écouté cette conversation. Il parut surpris de la réflexion de l'enfant.

« Que ferais-tu donc avec vingt francs ? lui demanda-t-il.

— Ce que je ferais ? répliqua vivement Petit-Pierre ; j'achèterais des marchandises que je revendrais avec un bénéfice, et je recommencerais ainsi jusqu'au moment où j'aurais ma voiture, mes domestiques, et dans ma poche un portefeuille plein de billets de banque !

— Tu ne doutes de rien, petit, et je serais presque tenté de risquer les vingt francs, pour voir si tu serais capable de réaliser ton projet.

— Risquez, mon bourgeois, et donnez-moi votre adresse. Quand je serai millionaire, je vous raconterai quel chemin m'auront fait faire vos bottes de sept lieues. »

L'assurance du gamin paraissait beaucoup amuser l'étranger. Il tira de son carnet une carte de visite, de sa bourse une pièce de vingt francs ; il remit le tout à Petit-Pierre en disant :

« Voici mon adresse et tes bottes de sept lieues. Je compte sur ta promesse de me prévenir quand tu auras fait fortune.

— C'est entendu, bourgeois, répondit Petit-Pierre. Qui sait si un jour je ne vous rendrai pas votre argent avec les intérêts ? »

Le lendemain les ouvreurs de portières eurent un concurrent de moins à la sortie du théâtre. Les malveillants prétendirent que leur camarade était occupé à dépenser l'argent de l'étranger, et qu'on le reverrait dès qu'il n'aurait plus le sou.

Mais Petit-Pierre ne devait plus ouvrir les portières à la sortie des théâtres.

Quelques jours plus tard, un enfant paraissant âgé de douze à treize ans, et portant sur ses épaules un léger ballot de marchandises, cheminait à travers la France. Il vendait aux montagnards les menus objets apportés de Paris, et achetait dans les grands centres de fabrication des marchandises qu'il allait ensuite porter aux habitants de départements éloignés, ayant d'autres spécialités.

Petit-Pierre voyagea ainsi pendant plusieurs années. Profitant des relations faites pendant ses voyages pour avoir à un prix peu élevé de belles et bonnes marchandises, il sut attirer les chalands en se contentant d'un modeste bénéfice. Le jeune marchand eut bientôt une clientèle si nombreuse, qu'il dut agrandir le cercle de ses opérations. Il en vint enfin à faire fabriquer lui-même les marchandises qu'il vendait. Puis, ses relations d'affaires s'étant étendues jusqu'aux pays étrangers, Petit-Pierre se vit obligé d'équiper des vaisseaux pour envoyer au delà des mers les produits de plusieurs fabriques qu'il exploitait. Ces fabriques étaient d'une importance telle, que de courts embranchements de chemin de fer, nécessités par l'immense quantité de marchandises expédiées, les reliaient aux grands chemins de fer les plus rapprochés.

Petit-Pierre n'avait pas oublié le généreux étranger, cause première de sa réussite. Mais celui-ci avait depuis longtemps abandonné la demeure indiquée sur sa carte, et jusqu'alors toutes les recherches tentées pour retrouver sa trace étaient demeurées infructueuses.

Un jour enfin on vint annoncer au manufacturier que l'individu qu'il cherchait avait été, à la suite de revers de fortune, obligé de se réfugier avec sa famille dans une retraite plus que modeste où il vivait péniblement du produit d'un petit emploi. Petit-Pierre part aussitôt, arrive chez son bienfaiteur, qu'il reconnaît parfaitement, quoique les chagrins l'aient beaucoup vieilli. Celui-ci, bien entendu, ne reconnaît nullement son ancien protégé, le pauvre enfant devenu maintenant un homme habitué à parler en maître au nombreux personnel qu'il occupe. Petit-Pierre se fait présenter sous un nom d'emprunt par un de ses correspondants, riche négociant lui-même. Reçu avec déférence, il propose à son hôte un emploi lucratif dans une fabrique de province. Mais il faut, dit-il, que celui-ci, ainsi que toute sa famille, parte en même temps que lui. Le négociant correspondant offre d'apposer sa signature sur une traite avantageuse et parfaitement en règle ; aussi, malgré l'étrangeté d'une pareille proposition, on se décide enfin à l'accepter.

Les voyageurs arrivent devant une ravissante villa donnant sur de magnifiques jardins et située à peu de distance de la fabrique principale, près de laquelle Petit-Pierre a son habitation.

« Vous êtes chez vous, dit le manufacturier. Avez-vous oublié les bottes de sept lieues? Je vous avais promis de vous dire le chemin qu'elles me feraient faire : voyez ces wagons pleins de marchandises, voyez ces ballots à destination de l'Amérique du Nord et de l'Amérique du Sud, et dites si les bottes de sept lieues ne m'ont pas aidé à marcher. Quant à cette villa, elle représente l'intérêt capitalisé des vingt francs que vous m'avez prêtés jadis. »

Le bienfaiteur de Petit-Pierre, devenu maintenant son obligé, ne pouvait croire ce qu'il entendait.

« Qui m'aurait dit, remarqua-t-il lorsque, après les explications détaillées données par le manufacturier, il dut enfin se rendre à l'évidence, qui m'aurait dit que ces vingt francs pourraient produire de pareils résultats !

— Moi, je vous l'avais dit, répondit Petit-Pierre. Les bottes de sept lieues sont souvent représentées en ce monde par une chose de peu d'importance, une faible somme d'argent, une recommandation, une occasion de prouver son talent et son intelligence. Mais ces bottes, qui, vous le savez, sont fées, n'obéissent qu'au travail assidu, à l'esprit de conduite et à la persévérance. »

LA

PETITE-FILLE DE MON VOISIN

On parle, on écrit beaucoup contre les enfants du peuple de Paris. On s'apitoie avec raison sur l'état moral du malheureux gamin, corrompu dès l'enfance, effronté, paresseux, gouailleur, dont l'aspect chétif et malingre fait peine quand on le rencontre « flânant » dans les rues, en quête de quelque mauvais tour à jouer, — seul emploi qu'il fasse de son intelligence. On s'indigne quand on le voit abuser de sa faiblesse pour insulter les passants, qui doivent se garder de châtier son insolence, sous peine de voir la foule s'ameuter aux cris du gamin accusant le « grand lâche qui frappe un enfant » !

Mais, à côté de ces faits déplorables, il en est d'autres plus consolants, et c'est à tort, grandement à tort, je le répète, qu'on jette ainsi l'anathème sur la généralité des enfants de Paris.

Il n'est ici question, bien entendu, que des enfants du peuple, des enfants livrés à eux-mêmes presque dès le bas âge ; car ceux à qui la tendre surveillance, l'inquiète sollicitude des parents ne laisse aucune initiative, n'ont point, à vrai dire, de caractère particulier qui permette de se former une opinion sur leur compte.

A Paris seulement on rencontre chez des enfants des exemples de dévouement, de courage, de raison, d'amour du travail, qui feraient honneur à des hommes ou à des femmes arrivés à l'âge mûr. A côté du gamin désœuvré et mauvais sujet, ne trouve-t-on pas journellement des garçons de huit, dix, douze ans, travaillant d'abord comme apprentis, puis comme employés dans la plupart des grandes administrations ? Je ne parle point des enfants employés dans les fabriques. Quoique leur sort se soit beaucoup amélioré depuis un certain nombre d'années il y aurait encore trop à dire sur ce grave sujet pour qu'on puisse l'aborder ici. Mais les gamins d'imprimerie, et ceux qui sont employés dans d'autres industries analogues, n'ont-ils pas, pour la plupart, toute l'intelligence, tout le sérieux d'hommes faits, sans rien perdre cependant de cette gaieté railleuse qui est le trait distinctif du gamin parisien ?

Mais cette digression m'a fait oublier un instant la petite fille de mon voisin.

Au dernier terme je remarquai, un beau jour, que la mansarde de la maison faisant face à celle que j'habite, et qui était restée vacante depuis plusieurs mois, venait d'être occupée. Les petits rideaux, d'une blancheur de neige, qu'on s'était hâté de placer aux deux fenêtres, indiquaient la présence d'une ménagère soigneuse. J'avais vu, à plusieurs reprises, des têtes d'enfants curieux s'avancer pour regarder dans la rue, et je ne sais pourquoi je me pris d'intérêt pour cet humble ménage où la misère était si fièrement dissimulée par l'ordre et la propreté, qu'un examen attentif pouvait seul faire soupçonner sa présence dans la mansarde de mes voisins.

Qu'on ne se hâte pas trop cependant de m'accuser d'une curiosité indiscrète. D'abord j'avais grand soin que mes voisins ne pussent s'apercevoir d'une attention qui les aurait peut-être blessés ; et de plus cette attention ne venait pas d'une curiosité banale, mais d'un véritable intérêt inspiré par ce que j'avais cru deviner de leur histoire.

J'avais voulu connaître la mère de la famille. Ce devait être une femme honnête, courageuse et intelligente, à en juger par l'ordre qui régnait chez elle, par le soin avec lequel les trois enfants étaient toujours habillés. Mais je ne voyais jamais que les enfants et un homme âgé, qui devait être leur grand-père.

Je fus bientôt au courant de toutes leurs habitudes : chaque matin, avant sept heures, je voyais le grand-père, vêtu en ouvrier, quitter la maison pour se rendre à son travail. Alors les fenêtres du logement s'ouvraient, et l'aînée des enfants, une chétive fillette dont le visage accusait une dizaine d'années, tandis que sa frêle apparence était à peine celle d'un enfant de sept ans, commençait à mettre le ménage en ordre. Pas un coin n'échappait à l'inspection de la vive petite ménagère ; pas un grain de poussière n'avait la permission de reposer tranquille à la place qu'il s'était choisie. Puis les fenêtres se fermaient, pour s'ouvrir de nouveau une demi-heure après, lorsque les deux plus jeunes enfants étaient levés.

Autant la sœur aînée était frêle et pâle, autant ces deux lutins étaient resplendissants de bonne humeur et de santé. L'une, — la petite fille, — pouvait bien avoir cinq ans; le baby avait tout au plus dix-huit mois. Il fallait voir la sollicitude de la « grande sœur » en les installant devant la table où elle avait préparé pour eux deux assiettées d'une soupe appétissante. Il fallait la voir, se plaçant auprès du baby, s'emparant de la cuiller pour le faire manger, le grondant doucement quand il refusait d'ouvrir sa petite bouche; s'interrompant de temps en temps pour rappeler à la grosse blondine, assise de l'autre côté de la table, que l'heure de la classe approchait et qu'on devait se hâter.

Un peintre aurait fait de cette scène d'intérieur le plus ravissant tableau.

Mais le repas est terminé. La petite mère de famille prend bébé sur un bras, l'autre enfant par la main, et après avoir passé au bras de celle-ci le petit panier contenant le repas du milieu du jour, elle la conduit à l'école où elle doit rester jusqu'au soir. De retour avec le bébé, elle s'occupe de mettre en ordre les habits des deux enfants et de préparer le repas du grand-père.

Le temps est beau, les fenêtres restent ouvertes et me permettent de voir la fillette, qui, après avoir endormi le petit frère, vient s'installer auprès du vieillard, qui lui fait réciter des leçons. La moitié de l'heure qui est accordée à celui-ci pour son repas, il l'emploie à partager avec sa petite-fille le peu de science que lui-même possède. La leçon terminée, l'enfant reste seule auprès du bébé endormi. Elle fait disparaître le désordre amené par le repas, et, en attendant le réveil de son frère, s'occupe à réparer et à laver les vêtements de la famille.

Bébé se réveille enfin; à son tour de « manger la soupe ». Puis on le fait beau; on lui met une collerette, un bonnet blanc, et de nouveau la petite maman descend l'escalier, emportant l'enfant, qui paraît certainement plus lourd qu'elle. C'est l'heure de la promenade. Bébé prend ses ébats dans un jardin, tandis que sa sœur, tout en le surveillant du coin de l'œil, s'occupe activement d'un travail de couture. Ceci dure jusqu'au moment où le prochain retour du grand-père oblige de penser au repas du soir. On fait en route les provisions du ménage; on va chercher la petite sœur à l'école; et, tout en riant et babillant, les trois enfants rentrent au logis.

Ces détails dépassent un peu, n'est-ce pas, ceux qu'on peut se procurer en observant ses voisins d'une fenêtre à l'autre ?

J'en conviens; mais vivement intéressée, comme je l'ai déjà dit, par cette famille où le principal rôle, le rôle de dévouement et de protection qui appartient de droit à la mère de famille, semble être rempli par une enfant qui aurait elle-même besoin d'être soignée et protégée, je me suis permis, je l'avoue, de prendre des renseignements sur mes voisins, et voici ce que j'ai appris :

Le père des trois enfants s'est tué il y a six mois en tombant d'un échafaudage; sa femme, frappée à mort par cet épouvantable malheur, ne lui a survécu que quelques jours, et les orphelins sont resté à la charge du grand-père, heureusement assez fort pour travailler encore pendant quelques années. Depuis lors la petite Marie soigne son frère et sa sœur, dirige le ménage comme elle l'a vu faire à sa mère, veille à ce que son grand-père trouve toujours le logement en ordre, les repas prêts à l'heure, et s'acquitte enfin de tous ses devoirs de ménagère et de mère de famille, mieux que plus d'une jeune femme frivole et paresseuse.

Les deux autres enfants, se sentant protégés par cette tendre sollicitude qui veille sur eux, reconnaissent en quelque sorte d'instinct l'autorité de la sœur aînée. La grosse blondine pleure à chaudes larmes quand la maîtresse d'école la menace de dire à Marie qu'elle n'a pas été sage, et le bébé, dès que la moindre chose l'effraye ou le contrarie, appelle tout d'abord dans son doux langage enfantin « teuteu Mayie » à son secours.

Les esprits superficiels, habitués à n'attacher d'importance qu'aux faits dont l'éclat les frappe, s'intéresseront sans doute fort peu à la petite-fille de mon voisin. Mais les penseurs, qui voient dans l'enfance l'espoir et l'avenir d'une nation, se diront certainement qu'un pays où des faits analogues ne sont pas à l'état d'exception, mais se rencontrent à chaque instant, n'a pas si complètement perdu le sens moral que certaines gens le prétendent. Pour que de pareils enfants composent dans quelques années une jeunesse vaillante et honnête, il n'est pas même nécessaire de les pousser dans la voie du bien, puisqu'ils y marchent déjà. Ce qui importe surtout, c'est d'empêcher qu'on ne les fasse dévier de la route qu'ils suivent.

LES

BONHEURS DE MARGUERITE

« Comme le jour est long! c'est ennuyeux! s'écriait la petite Marguerite.

— Le jour est long! Ah bien! par exemple, voilà une nouvelle surprenante, répondit son frère Henri, qui était un garçon de dix ans, et naturellement beaucoup plus raisonnable que Marguerite, qui n'en avait que cinq. Tu trouves le jour long, petite sœur, et voilà déjà qu'il fait nuit, quoiqu'il ne soit guère plus de trois heures!

— Qu'est-ce que cela me fait qu'il fasse nuit? Il faut attendre encore bien longtemps l'arrivée du petit Jésus, qui nous apportera un arbre de Noël.

— Ah! c'est pour cela que tu trouves le temps long, reprit Gaston, l'autre frère de Marguerite, âgé de sept ans; c'est parce que tu es gourmande et que tu voudrais avoir des bonbons.

— Bon, bonbons, bon, dit Jeanne, la toute petite sœur de Marguerite.

— Fi! la petite gourmande! s'écria celle-ci. Non, monsieur Gaston, ce n'est pas pour avoir des bonbons que je voudrais déjà être à ce soir, mais pour voir l'arbre de Noël, avec toutes ses petites bougies et ses fruits en verre de couleur qui brillent à la lumière. Oh! Noël est la plus belle fête de l'année; je ne suis jamais si heureuse qu'à Noël.

— Est-ce vraiment là ta pensée, Marguerite? lui dit sa mère. Tu prétends maintenant que tu n'es heureuse qu'à Noël; je t'ai vue pourtant goûter d'autres bonheurs, et je t'assure qu'en été, quand tu courais dans les blés avec tes frères, ta sœur et tes cousins, ou quand tu m'apportais des fleurs cueillies par toi dans ton petit jardin, tu paraissais très heureuse. N'as-tu pas éprouvé souvent un grand bonheur lorsque tu avais appris ta leçon de lecture avec attention, et que je t'asseyais sur mes genoux, que je t'embrassais en te disant que j'étais contente de toi?

— Si, maman, répondit Marguerite un peu embarrassée; mais il me semble que tous ces bonheurs-là n'étaient pas si grands que le bonheur de voir l'arbre de Noël.

— Quoi! pas même le bonheur d'être embrassée par ta mère, enfant?

— Oh! maman! pardon, s'écria Marguerite; je sais bien que quand tu m'embrasses, cela vaut mieux que tous les arbres de Noël; mais je pensais à nos jeux et aux fleurs de mon jardin, et je me disais que ces plaisirs-là ne valaient pas celui de la veille de Noël.

— Tu es une enfant, Marguerite, tu ne réfléchis pas; mais tu verras, dans le courant de l'année, si, comme je l'espère, tu es douce, obéissante, travailleuse, que, par une permission de Dieu, qui est la bonté même, un enfant sage voit toutes ses actions, ses travaux et ses jeux lui apporter du bonheur. »

La petite Marguerite, malgré la confiance qu'elle avait dans toutes les paroles de sa maman, comprenait difficilement qu'un travail qui l'ennuyait, comme, par exemple, de prendre sa leçon de lecture, pût lui apporter du bonheur.

Pourtant elle était trop bien élevée pour oser tenir tête à sa mère; elle regarda du côté de la cheminée, et, poussant un léger soupir en remarquant combien les aiguilles étaient lentes dans leur marche, elle se remit à habiller sa poupée, qu'elle tenait à faire belle pour la fête du soir.

Pendant le dîner, Marguerite, Henri et Gaston eurent peine à modérer leur impatience; ils ne mangèrent presque pas, et Gaston, qui était un peu volontaire, se disait tout bas que ses parents étaient bien longtemps à table.

La petite Jeanne fut la plus sage, elle ne se rendait pas encore parfaitement compte de ce que c'était qu'un arbre de Noël; elle n'en avait d'ailleurs jamais vu; car, l'année précédente, à pareille époque, elle était encore chez sa nourrice. Cependant elle comprenait bien qu'il se passait quelque chose d'extraordinaire, et elle regardait souvent d'un air étonné Marguerite, qui, plus de vingt fois dans la journée, lui avait dit :

« Petite sœur Jeanne, ma mignonne, c'est aujourd'hui la veille de Noël, et ce soir nous aurons un arbre brillant, tout couvert de petites lumières, et nous aurons aussi sans doute un joli petit Jésus en cire. »

L'arbre de Noël.

Enfin ce dîner, si long, si ennuyeux au gré de tous les enfants, s'acheva, et l'on ouvrit la porte du grand salon, qui avait été fermée toute la journée.

Il serait impossible de rapporter ici toutes les exclamations de Marguerite et de ses frères; Jeanne aussi frappait des mains, et riait comme une petite folle en contemplant les merveilles étalées dans le salon.

« Mais voyez donc, s'écriait Marguerite, combien de lumières brillantes! Il y a même de petites lampes suspendues aux branches de l'arbre. Ah! que c'est beau, petite mère! que c'est beau! »

Les deux petits garçons n'étaient pas moins émerveillés que leur sœur, et vraiment il y avait de quoi.

Figurez-vous un sapin d'un vert magnifique, posé sur la table et touchant presque au plafond; ses branches sont, comme le dit Marguerite, ornées d'une multitude de petites bougies et de petites lampes; à ses rameaux sont suspendus des fruits confits, des jouets, des petits Jésus en cire, des noix dorées; devant lui est un pèlerin avec sa robe brune toute couverte de neige; mais la robe brune est faite d'excellent chocolat, et la neige est du sucre; il tient un vase rempli de bonbons et s'appuie sur un long bâton... de sucre de pomme.

« Oh! le beau jour que le jour de Noël! quel bonheur! » s'écrie Marguerite.

Mais, quoique ce soit une chose fort agréable que de regarder toutes ces merveilles, on se lasse à la fin de les contempler sans y toucher, et bientôt les enfants demandent la permission de détacher les charmants présents suspendus pour eux à l'arbre de Noël, et de goûter aux bonbons appétissants que tient le bonhomme Hiver, représenté en chocolat.

La maman, la grand'maman se mettent à l'œuvre; on éteint les mille petites lumières, on détache les rameaux, et on les distribue à Henri, à Gaston, à Marguerite; Jeanne même en a sa part : elle reçoit une branche couverte de cerises en sucre et un enfant Jésus en cire; malheureusement, comme elle est encore petite, elle regarde les cerises sans oser y toucher, et porte le petit Jésus à sa bouche, de sorte que sa grand'maman est obligée de le lui reprendre.

Ses frères et sa sœur, plus âgés, font un meilleur usage des cadeaux qu'ils ont reçus. Voilà Henri qui monte sur une chaise, et qui place des branches vertes dans les vases qui sont sur la cheminée, des deux côtés de la pendule. Gaston, gravement assis dans un fauteuil, est absorbé par l'agréable occupation de dépouiller les branches qu'on lui a données des fruits confits qui y sont attachés.

Quant à Marguerite, elle a posé sur sa petite table sa part de l'arbre de Noël, et elle n'y songe déjà plus, tout occupée qu'elle est à contempler l'Hiver en chocolat, à se demander si sa robe est bonne à manger et s'il n'y aurait pas moyen d'y goûter.

Car, il faut bien l'avouer, Marguerite, qui est une charmante enfant, obéissante, respectueuse, Marguerite a cependant un défaut assez grave, dont elle se corrigera, il faut l'espérer, mais dont nous devons la blâmer dans son intérêt même.

Marguerite n'est jamais contente de ce qu'elle a; sa vie se passe à désirer des objets qu'elle ne regarde plus dès qu'ils sont en sa possession. Elle n'est jamais complètement heureuse, car une chose ne lui paraît un bonheur que lorsqu'elle ne l'a pas encore; alors elle l'attend, elle l'espère, elle s'impatiente, elle se dépite; vous croyez la rendre bien heureuse en lui donnant ce qu'elle désire si vivement; pas du tout, elle ne l'a pas plus tôt qu'elle désire autre chose, qui ne la satisfera pas davantage.

En ce moment, elle a complètement oublié l'arbre de Noël après lequel elle a soupiré toute la journée; ce qu'il lui faut, c'est la robe en chocolat; elle la veut; si on ne lui en donne pas au moins un tout petit morceau, elle ne pourra dormir de toute la nuit.

Sa grand'maman, qui la gâte plus qu'il ne le faudrait peut-être pour son bien, consent enfin à lui donner un peu de cette robe tant désirée, à la condition qu'elle dira bonsoir à ses parents, puis qu'elle fera sa prière et ira se coucher tout de suite, car il est dix heures passées. Jeanne dort depuis longtemps, et Marguerite sera malade demain si elle veille ainsi plus tard que d'ordinaire. La petite promet tout ce qu'on veut; les petites filles promettent souvent ainsi, sans réfléchir qu'une promesse est un engagement formel de faire une chose, et que, si on manque à cet engagement, on perd la confiance de ceux envers qui on l'a pris, et on fâche le bon Dieu. Marguerite ne savait pas cela, sans doute; car, après avoir promis à sa grand'maman d'aller bien tranquillement se coucher, elle s'avisa tout à coup de remarquer que ses frères s'étaient amusés avec leurs rameaux de l'arbre de Noël, tandis qu'elle n'avait pas touché aux siens.

Aussitôt elle oublia le chocolat dont elle avait eu si grande envie, et n'eut plus qu'un seul désir, celui de rester encore pour jouer avec les branches de sapin, comme ses frères l'avaient fait.

Elle s'adressa à sa grand'maman, qu'elle savait

plus faible que sa maman pour tous ses petits caprices.

Mais la grand'maman aimait trop sa petite-fille pour céder à des caprices qui auraient pu nuire à sa santé.

La pauvre Marguerite fut donc, bon gré mal gré, obligée de s'aller coucher sans avoir fait sa volonté; et cette soirée tant attendue, dont elle se promettait tant de bonheur, s'acheva dans les larmes, grâce à son caractère changeant et à son désir d'obtenir toujours plus qu'on ne lui accordait.

Comme elle était très fatiguée, son chagrin ne l'empêcha pas de s'endormir profondément, et le lendemain elle avait déjà oublié l'arbre de Noël pour ne plus penser qu'au jour de l'an qui approchait. Cependant cette disposition de la jolie mignonne à n'être jamais contente de rien chagrinait beaucoup ses parents, car ils craignaient avec raison qu'un pareil défaut l'empêchât d'être jamais complètement heureuse.

La grand'maman surtout s'inquiétait de l'avenir de sa petite-fille; elle l'appelait quelquefois près d'elle et lui parlait raison. Marguerite l'écoutait avec attention; elle promettait de se corriger; malheureusement, comme je l'ai déjà dit, elle était encore trop jeune pour comprendre toute l'importance d'une promesse; elle était de bonne foi en la faisant, mais elle n'avait jamais le courage de la tenir. Un jour du mois de janvier, Marguerite, en revenant de la promenade qu'elle faisait chaque jour dans le parc avec sa bonne, pria sa grand'maman de lui raconter une histoire, ce qui était encore un des grands bonheurs de la petite fille.

« Un conte de fée, grand'mère, je vous en prie, dit Marguerite; vous en savez de si beaux! »

La grand'maman y consentit, et comme son vœu le plus cher était de corriger Marguerite de ses défauts, elle lui raconta l'histoire d'une petite fille qui lui ressemblait, et à qui son goût pour le changement occasionnait toutes sortes de malheurs.

Marguerite n'aimait pas ces histoires-là; elle fit d'abord la moue; mais, lorsqu'elle vit qu'il était question de fées bonnes et méchantes, elle devint plus attentive.

« Bonne maman, dit-elle tout à coup, il n'est pas étonnant que je désire toujours autre chose que ce que j'ai, il ne faut pas me gronder pour cela, car ce n'est pas ma faute; c'est sans doute une mauvaise fée qui m'a douée à ma naissance.

— Non, mon enfant, ne crois pas cela, dit la grand'maman; les mauvaises fées n'existent plus; le bon Dieu les a toutes renvoyées, et d'ailleurs tu penses bien que moi, qui suis ta marraine, je n'aurais pas voulu convier de mauvaises fées à ta naissance.

— Mais, grand'mère, puisque vous êtes ma marraine, pourquoi ne m'avez-vous pas donné seulement des qualités et pas un seul défaut?

— C'est bien ce que j'avais fait, mais tu as pris toi-même ces défauts en grandissant; il n'a pas dépendu de moi de t'en empêcher, et tu vois que je fais tout ce que je peux pour les détruire; mais il dépend de toi de m'y aider.

— Comment cela, bonne maman? Oh! dites vite, je ferai tout ce que vous voudrez; cela me fait tant de peine quand vous êtes fâchée contre moi!

— Eh bien! écoute la fin de mon conte de fée, et tâche d'imiter la petite qui y est représentée; alors je ne serai plus jamais fâchée contre toi. »

Mais Marguerite, qui avait tant supplié sa grand'-maman de lui dire un conte de fée, ne l'écoutait déjà plus : elle regardait à chaque instant du côté de la fenêtre; elle semblait distraite, préoccupée, si bien que la vieille dame finit par s'en apercevoir.

« Qu'as-tu, Marguerite? lui dit-elle, tu me demandes un conte, et tu ne m'écoutes même pas.

— Pardon, bonne maman.

— J'espère, Marguerite, que tu es incapable de mentir; dis-moi franchement ce qui te préoccupe.

— C'est... Oh! grand'maman, vous allez vous fâcher.

— Je me fâcherai bien plus si tu ne me réponds pas.

— Eh bien! voilà le soleil, et je pensais que je serais bien heureuse si vous me permettiez d'appeler ma cousine Adrienne et Paul, son petit frère, pour venir avec moi ramasser, dans le parc, de petites branches mortes.

— Enfant, enfant, est-ce là le résultat de tout ce que je t'ai dit? Quand donc sauras-tu toi-même ce que tu veux?

— Oh! grand'maman, pensez donc, c'est que c'est si amusant, voyez-vous, de ramasser des petites branches!

— Tu auras froid.

— Non, non, maman chérie; je mettrai mon manteau, mon chapeau et mes gants.

— Marguerite, ce n'est pas là ce que tu m'as promis tant de fois.

— Oh! grand'maman chérie, si vous me permettez d'aller ramasser des petites branches dans le parc avec Adrienne et Paul, il n'y a pas de danger que je pense à autre chose.

— Eh bien! nous verrons. Je te permets d'aller chercher ta cousine et son frère. »

Marguerite ne se fit pas répéter deux fois cette permission; elle poussa un cri de joie et monta au premier étage du château, dont son père occupait le rez-de-chaussée, pour chercher Adrienne, qui était déjà une grande demoiselle. Celle-ci avait douze ans et demi, et se préparait à renouveler sa première communion.

Le petit Paul n'avait que quatre ans; mais on le confiait volontiers aux soins d'Adrienne, qui était calme et prudente, et s'occupait de son frère comme une petite maman.

Naturellement le frère et la sœur furent tout disposés à accepter la proposition de Marguerite; le gros Paul sauta de joie, et les trois enfants, chaudement vêtus d'épais manteaux, descendirent dans le parc.

Il faisait un beau temps d'hiver; le soleil brillait, mais ne réchauffait pas, et les petites figures devinrent bientôt d'un rouge magnifique. Les deux petites filles riaient beaucoup de voir le bout du nez de Paul rouge et luisant; elles ne se doutaient pas que Paul aurait pu rire d'elles pour la même raison. Marguerite était rayonnante.

Cette fois, pensait-elle, grand'maman ne trouvera pas que je change d'idées à chaque instant; je suis bien contente d'avoir pensé à venir dans le parc, et il n'y a pas de danger que je désire autre chose.

Cependant telle était la singulière disposition de son esprit, qu'en faisant cette réflexion elle cherchait malgré elle ce qu'elle aurait pu désirer de plus agréable encore que de ramasser des petites branches de bois mort.

Heureusement elle ne trouva rien pour le moment.

Les enfants, conduits par la bonne de Marguerite, arrivèrent jusqu'à la cabane du jardinier, qui logeait dans le parc, non loin du jardin potager.

« Voici un bon endroit, dit Adrienne; nous allons apporter ici tout le bois mort que nous pourrons trouver.

— Oui, oui, c'est ça! » s'écria Paul, qui se mit à courir de tous côtés comme un petit fou, en ramassant pêle-mêle tout ce qu'il trouvait : herbes fanées, feuilles mortes, cailloux, mottes de terre, et en apportait d'un air triomphant aux deux petites filles une charge énorme qu'il pouvait à peine tenir entre ses deux bras.

« Non, non, Paul, ce n'est pas cela, dit Marguerite; il faut prendre les branches une à une, les porter ici en ordre, les unes sur les autres, et ensuite nous les porterons au château pour allumer le feu de la cuisine.

— Nous les porterons? reprit Adrienne : ce ne sera pas déjà si facile; il nous faudra faire bien des voyages, et la nuit viendra sans que nous ayons pu ramasser assez de bois pour allumer une seule fois le feu de la vieille Marianne.

— Ah! répondit Marguerite, c'est que Marianne met des arbres tout entiers dans la grande cheminée de la cuisine, à ce que dit mon oncle.

— Attendez, s'écria tout à coup Adrienne : j'ai

une idée. Si nous avions une brouette, vous auriez tous deux apporté ici beaucoup de bois mort, et moi, qui suis plus forte que vous, je l'aurais porté à mesure au château dans la brouette.

— Oh! oui, dit Paul, et moi, je me mettrai dans la brouette, et tu me porteras aussi au château.

— Non, mon petit Paul, lui répondit sa sœur, tu es trop lourd, et je ne suis pas assez forte; je te laisserais tomber; des petites branches, c'est différent, j'ai bien la force de les porter, et puis d'ailleurs, si je renverse la brouette, ce ne sera pas un grand malheur.

— Mais moi aussi, dit Marguerite, je pourrai bien porter le bois.

— Je ne le crois pas, petite cousine, et si nous avions eu une brouette, tu aurais vu que c'est trop lourd pour toi; malheureusement nous n'avons pas de brouette.

— Oh! dit Marguerite, le jardinier en a une; s'il est dans sa maison, il ne refusera pas de nous la prêter.

— Eh bien! allons voir, s'écrièrent ensemble Paul et Adrienne.

— Allons voir, » répéta Marguerite avec enthousiasme.

On frappa à la porte de la cabane, mais personne ne répondit; tout était désert.

Les enfants, désappointés, se mirent en devoir de ramasser les petites branches; mais on regrettait la brouette, et Marguerite, qui s'était déjà réjouie à l'idée de la faire rouler vers le château, commençait à être moins enthousiasmée de son idée de ramasser des branches et de les apporter entre ses bras.

Tout à coup Paul quitta sa sœur et sa cousine, et se mit à courir de toutes ses forces dans l'une des avenues du parc, en criant :

« Le voilà! le voilà! »

Les deux petites filles se demandaient de qui il voulait parler; mais bientôt elles eurent l'explication des cris du bambin en le voyant revenir tenant par son tablier le jardinier, qu'il tirait après lui.

« Jacques, dit Marguerite, voulez-vous nous prêter votre brouette?

— Je le veux bien, Mam'zelle, répondit celui-ci; mais, si c'est pour vous asseoir dedans, je vous préviens qu'elle n'est guère propre.

— Non, non, interrompit Adrienne, c'est seulement pour porter à la cuisine des branches de bois mort.

— Si c'est comme ça, reprit le jardinier, je vais vous la chercher. »

Il entra dans un hangar situé derrière sa cabane et qui lui servait à mettre des outils, et, après avoir nettoyé de son mieux la brouette, il l'apporta aux trois enfants enchantés.

Adrienne aurait bien désiré porter la première le bois au château; mais, comme elle vit que sa petite cousine avait un vif désir de rouler la brouette, elle lui céda son tour.

On réunit donc toutes les petites branches qui purent tenir dans la brouette, et Marguerite partit, la poussant triomphalement devant elle.

Pendant ce temps, Paul et Adrienne continuaient à ramasser du bois mort et riaient de toutes leurs forces, en courant à qui arriverait le plus tôt pour ramasser telle ou telle branche qui leur semblait plus grande ou d'une tournure plus originale.

Marguerite entendait ces cris tandis qu'elle poursuivait seule sa route vers le château, et elle se disait déjà qu'elle avait choisi la moins bonne part, qu'Adrienne et Paul s'amusaient mieux qu'elle.

Vingt fois elle fut sur le point d'aller les rejoindre, abandonnant en route le bois et la brouette; mais elle eut honte de paraître aussi capricieuse et se hâta d'accomplir ce voyage qu'elle avait eu tant d'envie de faire et qu'elle regardait à présent comme une corvée.

« Me voilà! s'écria-t-elle lorsqu'elle eut rejoint les deux autres enfants; tu prendras la brouette tant que tu voudras, Adrienne; pour moi, j'en ai assez. »

Elle se mit donc à ramasser du bois, tandis qu'Adrienne, à son tour, se préparait à le porter au château.

Le petit Paul aurait bien voulu s'asseoir dans la brouette pour que sa sœur le conduisît au château; mais il n'osait insister, car il savait que lorsque Adrienne, qui l'aimait beaucoup, lui refusait une chose qu'il désirait, elle avait pour cela une raison sérieuse, et que rien n'aurait pu la faire changer d'avis.

Adrienne partit en courant, tandis que Paul se résignait à ramasser du bois avec Marguerite, qui, cette fois, s'amusa franchement de bon cœur.

Si grand'maman était là, pensait-elle, elle ne dirait plus que j'aime à changer.

Au bout de très peu de temps, Adrienne revint tout essoufflée, rouge et riant comme une folle.

« Oh! la bonne partie que j'ai faite! s'écria-t-elle;

figurez-vous qu'en revenant l'idée m'a pris de détacher Pyrame, notre bon terre-neuve, qui était à la niche dans la cour. Quand il m'a vu courir avec cette brouette, il a couru après moi; j'ai fait le tour du parc, j'ai ouvert la petite porte, que j'ai refermée tout de suite, et je suis revenue par le jardin potager, de sorte qu'il n'a pas pu me suivre; il a dû retourner dans la cour et faire de nouveau le tour du parc; mais tenez, le voilà. »

En effet, un magnifique chien de Terre-Neuve arrivait haletant; il appuya ses deux grosses pattes de devant sur les épaules d'Adrienne et manqua de la renverser, puis il commença à sauter et à japper autour des enfants, à la grande joie de Paul et de Marguerite, qui passaient leurs petites mains sur son dos et lui tiraient les oreilles sans que l'excellent animal fît entendre le plus léger grognement.

« Ah! dit Marguerite, j'aurais bien envie de faire aussi rouler la brouette, maintenant que Pyrame est lâché; ma petite cousine, tu le veux bien, n'est-ce pas, j'en serai si heureuse!

— Si cela peut faire ton bonheur, dit Adrienne en souriant, je ne demande pas mieux. »

De nouveau voilà Marguerite courant avec la brouette; mais ses forces ne répondent point à son ardeur, et Pyrame, qui croit sans doute qu'elle va s'éloigner aussi vite qu'Adrienne, prend son élan et la renverse.

Aussitôt la bonne et les deux autres enfants accourent relever Marguerite, qui n'a aucun mal, mais dont la robe est salie, et qui s'écrie :

« Vilain, méchant chien! il a si bien joué avec toi, Adrienne, pourquoi m'a-t-il renversée par terre?

— Il n'a pas voulu te renverser, répondit sa cousine; seulement, comme je te l'avais dit, tu n'as pas eu assez de force pour courir vite en poussant la brouette pleine de branches. Mais, puisque tu n'as pas de mal, viens, nous allons continuer à nous amuser. »

Marguerite suivit sa cousine et commença de nouveau à ramasser du bois mort, mais toute son animation avait disparu; elle était triste, elle se plaignait du froid.

« Ah! dame, lui dit Adrienne, il ne fait pas si chaud qu'en été; te rappelles-tu les bonnes parties que nous avons faites, l'année dernière, dans les blés? alors tu ne te plaignais pas du froid.

— Oh! dit Marguerite, quel bonheur si on était déjà à cette époque! L'hiver est si triste! ce n'est qu'en été qu'on est vraiment heureux.

— Pourtant tu désirais beaucoup arriver à la veille de Noël; il me semble, ma mignonne, que la veille de Noël n'est pas en été.

— La veille de Noël, sans doute; mais ceci ne vient qu'une fois par an, tandis qu'en été on est heureux tous les jours.

— Va, petite cousine, on est heureux aussi en hiver; on est heureux tous les jours de la vie, quand on sait prendre le bonheur comme le bon Dieu nous l'envoie; M. le curé nous répète ceci chaque dimanche au catéchisme. »

Mais les beaux raisonnements d'Adrienne ne pouvaient dissiper la tristesse de Marguerite, car la petite fille s'était mise en tête qu'elle ne serait heureuse que si elle jouait sur l'herbe et si elle cueillait de belles fleurs dans le jardin; et elle ne devait désormais songer qu'à cela jusqu'au printemps, car Marguerite avait absolument besoin de toujours former quelque désir impossible à satisfaire, au moins pour le moment.

Lorsque Adrienne vit la mauvaise humeur de sa cousine, comme elle connaissait son caractère, elle comprit que le parti le plus sage était de quitter le parc.

On reprit donc tristement le chemin du château, et dans des dispositions bien différentes de celles qu'on avait en le quittant.

Quand la bonne maman vit la mine allongée de sa petite-fille, elle comprit que Marguerite, cette fois encore, n'avait pas été satisfaite de ce qu'elle appelait un bonheur, et elle lui dit :

« Eh bien! mon enfant, cette fois j'espère que tu n'as plus rien à désirer? On a cédé à tes caprices, tu as fait ce que tu voulais, et je vois sur le visage d'Adrienne et sur celui de mon gros petit Paul que la partie a été animée. »

Marguerite baissa la tête avec confusion, car elle sentait bien que sa grand'maman ne pouvait être contente d'elle.

« Bonne maman, dit-elle, l'hiver c'est bien triste : pourquoi le printemps n'arrive-t-il pas plus vite?

— Ah! c'est le printemps que tu demandes maintenant, Marguerite! J'étais bien sûre que tu trouverais moyen de désirer autre chose que le présent.

— Bonne maman, c'est qu'au printemps je pourrai apporter de jolies fleurs à ma petite maman et à vous.

— Oui, et tu ne seras pas plus tôt au printemps,

tu n'auras pas plus tôt les jolies fleurs que tu désires, que tu voudras autre chose. Marguerite, ma petite fille, je ne suis pas contente de toi. »

Marguerite leva vers sa grand'maman ses grands yeux pleins de larmes, et celle-ci, ne pouvant résister à ce muet langage, prit la petite fille dans ses bras et l'embrassa tendrement.

« Ma mignonne, lui dit-elle, ce n'est pas pour le plaisir de te gronder que je te dis tout ceci; c'est pour ton bien, et parce que je t'aime. Allons, n'en parlons plus, puisque cela te fait de la peine, se hâta-t-elle d'ajouter; apporte-moi ton livre, je vais te donner ta leçon de lecture. »

Nous l'avons déjà dit, Marguerite n'était pas paresseuse, ou du moins elle aimait assez sa maman et sa grand'maman pour vaincre un peu de paresse plutôt que de les affliger; elle prit donc son livre et vint s'asseoir sur un petit tabouret, à peu de distance de sa grand'maman, qui, en voyant la docilité et l'application de sa petite-fille, oublia bientôt son mécontentement.

Cependant l'hiver avait fait place au printemps; chaque jour, en faisant sa promenade habituelle, Marguerite regardait les fleurs nouvelles qui commençaient à pousser, et attendait avec impatience le moment où elle pourrait offrir un beau bouquet à sa maman, comme elle aurait tant désiré pouvoir le faire au mois de janvier, alors que c'était impossible.

Enfin le soleil devint plus chaud, les arbres se couvrirent de leur fraîche parure verte, et les fleurs les plus variées embellirent le jardin par l'éclat de leurs couleurs et la douceur de leurs parfums. Marguerite, ainsi qu'elle l'avait rêvé tant de fois tout éveillée, prit un élégant petit panier avec lequel elle descendit au jardin, et qu'elle emplit de toutes les plus jolies fleurs qu'elle put trouver.

Elle était si heureuse d'en venir enfin à goûter ce bonheur depuis si longtemps attendu, qu'elle tremblait de tous ses membres et que sa main avait peine à saisir les fleurs qu'elle voulait offrir à sa mère. Les perce-neige, les violettes odorantes s'entassaient pêle-mêle dans le petit panier avec les primevères, les brins d'herbe et la mousse verte qui les faisait briller d'un éclat plus vif.

Certes, Marguerite était bien heureuse en ce moment; chose extraordinaire, elle ne désirait rien; et si sa bonne grand'maman l'avait vue, elle aurait été bien contente, car la petite fille ne songeait qu'à ses fleurs et au bonheur qu'elle éprouverait en présentant à sa maman ce charmant petit panier, si frais, si parfumé.

Tandis qu'elle était absorbée par son occupation, un bêlement plaintif frappa son oreille. Marguerite releva soudain la tête et aperçut un petit agneau qui était, par hasard, entré dans le jardin, et qui appelait sa mère.

Jeter son panier de fleurs et courir à lui fut pour Marguerite l'affaire d'une seconde; elle prit le petit animal dans ses bras et s'efforça de le consoler en le caressant et en lui prodiguant les noms les plus doux; mais l'agneau paraissait peu sensible à toutes ces démonstrations d'amitié, et il faisait tous ses efforts pour s'échapper des mains de sa gentille protectrice.

Bientôt un petit garçon qui gardait un troupeau

dans les champs, à peu de distance, s'étant aperçu de la disparition de l'agneau, se mit à sa recherche et finit par le découvrir entre les mains de Marguerite, à qui il le réclama.

Celle-ci lui rendit avec regret la jolie petite bête, et retourna tristement auprès de son panier et des fleurs que, dans sa précipitation, elle avait jetées et éparpillées par terre.

Elle se remit à sa tâche; mais déjà elle n'y trouvait plus aucun plaisir; toutes ses pensées étaient tournées vers le petit agneau; elle rêvait d'en posséder un semblable, et cherchait les moyens d'obtenir de sa maman la réalisation de son désir.

Tant bien que mal, elle finit d'emplir le panier, et, sans même regarder comment les fleurs étaient arrangées, elle courut les porter à sa mère.

Celle-ci, assise auprès de sa fenêtre, était occupée d'un travail de broderie; elle sourit doucement en voyant entrer sa petite fille, qui lui présenta le panier de fleurs, et qui, en recevant pour récompense un doux baiser, oublia un instant l'agneau qui lui faisait envie.

Sa maman se mit à arranger les fleurs, dont elle forma des bouquets qu'elle plaça dans des vases pleins d'eau; puis elle dit à Marguerite en souriant avec un peu de malice (peut-être avait-elle vu ce qui s'était passé dans le jardin) :

« Eh bien! maintenant tu es enfin contente, ma mignonne; il y a longtemps que je ne t'ai vue ainsi, heureuse du présent, sans désirer plus que tu ne possèdes. Je suis très contente aujourd'hui, car j'espère qu'enfin ma petite Marguerite est corrigée d'un défaut qui me chagrinait beaucoup. »

Marguerite n'osa rien répondre; elle rougit et baissa les yeux.

« Tu ne dis rien, reprit sa mère; est-ce que je me serais trompée? Est-ce que tu n'aurais pas, en m'apportant ces jolies fleurs, éprouvé autant de plaisir que je l'avais supposé?

— Maman, dit Marguerite, je suis bien contente d'avoir apporté des fleurs pour faire plaisir à ma petite mère chérie; mais...

— Mais quoi? *Cela ne suffit pas à ton bonheur*, n'est-ce pas, Marguerite? Marguerite, tu ne seras *jamais heureuse tant que tu ne te corrigeras pas* de cette inconstance de caractère; le vrai moyen d'être heureux, souviens-toi de cela, ma chère enfant, est de savoir se contenter de ce qu'on a, et de ne jamais se comparer à ceux qui ont plus, mais plutôt à ceux qui ont moins. Vois ta cousine Adrienne; elle est toujours gaie, toujours contente des amusements qu'on lui procure, et elle ne songe jamais à ceux que sa mère ne veut pas ou ne peut pas lui donner; pourquoi ne prends-tu pas modèle sur elle?

— Ma petite mère, dit Marguerite en embrassant sa maman, c'est qu'il est si gentil!

— Qui est-ce qui est si gentil!

— Le petit agneau.

— Ah! c'est d'un petit agneau qu'il est question; je m'en doutais un peu, car j'avais vu que, dans le jardin, tu en tenais un entre tes bras. D'où venait-il?

— Maman, il s'était égaré, le pauvre petit, et le berger est venu le chercher, et il l'a gardé; il l'a appelé méchant rôdeur! C'est bien vilain au berger, n'est-ce pas, maman, de gronder ainsi un pauvre petit agneau?

— Non, ce n'est pas bien méchant, du moment qu'il ne l'a pas maltraité ; mais te voilà tout enthousiasmée du petit agneau, et je lis dans tes yeux que déjà tu rêves d'en avoir un semblable, que tu ne regarderais plus dès que tu l'aurais obtenu.

La maman se dirigea vers l'endroit où le berger gardait son troupeau.

— Oh ! maman ! si j'avais un petit agneau, ce serait un vrai bonheur ; je ne m'en lasserais jamais ; une petite bête vivante, pensez donc, ce n'est plus comme un joujou ! Il faudrait lui donner à manger ; je le conduirais dans les champs pour chercher de l'herbe tendre, je le soignerais ; il serait toujours blanc comme neige, et je lui mettrais un joli collier de ruban rose avec une petite clochette ; il viendrait quand je l'appellerais, il me connaîtrait, il me suivrait partout; oh ! ce serait gentil ! Ma petite mère, si j'avais un petit agneau blanc, je serais si contente, si contente, que je ne désirerais jamais rien de plus. »

Et Marguerite s'était assise sur les genoux de sa maman; elle avait entouré son cou avec ses petits bras, elle l'embrassait de tout son cœur, et elle répétait mille fois : « Oh ! que je serais contente si j'avais un joli petit agneau blanc ! »

La maman, tout en affectant quelquefois plus de sévérité que la grand'maman, ne savait cependant pas souvent résister aux désirs de sa petite fille ; elle la gâtait, elle n'était heureuse que lorsqu'elle lui faisait plaisir ; elle ressemblait en ceci à beaucoup de mamans qui s'efforcent d'être agréables à leurs petites filles, tandis que celles-ci ne s'inquiètent pas toujours d'être agréables à leurs mamans. On prétend que dans le bon vieux temps ce n'était pas ainsi, et que les enfants considéraient comme un devoir sacré d'accomplir et de prévenir même les moindres désirs de leurs bons parents qui prenaient soin de leur enfance. Beaucoup de petites filles de ma connaissance seraient bien attrapées si elles se trouvaient, par le pouvoir magique d'une baguette de fée, reportées à deux ou trois siècles en arrière; elles pourraient trouver une certaine différence entre la manière dont elles seraient traitées et celle dont les traitent leurs mamans si bonnes, et quelquefois même, il faut bien l'avouer, si faibles.

La maman de Marguerite avait bien envie de rendre sa petite fille heureuse, puisque celle-ci prétendait que si elle avait un petit agneau, elle serait heureuse pour toujours; cependant elle ne lui promit rien et l'envoya passer l'après-midi auprès de sa cousine Adrienne.

Marguerite aurait bien voulu obtenir une réponse de sa mère avant de la quitter; mais il lui fallut se résigner à s'en passer, et pendant tout l'après-midi la petite fille fut triste et préoccupée, malgré les efforts que fit Adrienne pour la distraire.

Pendant ce temps, la maman avait plié son ouvrage, pris son châle, et s'était dirigée vers l'endroit où le berger gardait son troupeau, qui justement appartenait au papa de Marguerite. Elle choisit le plus petit, le plus joli de tous les agneaux, et le fit apporter au château. Là on le savonna tant et tant, que sa laine devint blanche comme la neige; puis on lui mit autour du cou un joli collier de ruban rose.

Quand il fut prêt, il était méconnaissable : il ressemblait à ces beaux moutons blancs qu'on voit dans les magasins de joujoux; c'était à donner envie à toutes les petites filles d'en avoir un pareil.

On alla chercher Marguerite et on la fit entrer dans la chambre où était le joli animal :

Elle poussa un cri en l'apercevant.

« Oh! maman! maman! bonne maman chérie, quel bonheur! s'écria-t-elle en embrassant sa mère avec effusion.

— Tu es enchantée maintenant parce que c'est nouveau, lui dit sa mère; mais dans quelques jours tu ne regarderas plus la pauvre petite bête.

— Oh! si, maman, toujours, toujours j'aimerai

ce gros mimi. Je veux l'appeler Mimi, n'est-ce pas, maman ?

— Tu en es parfaitement libre. »

Comme il était déjà tard, on ne pouvait songer à promener Mimi ce jour-là ; il fut donc enfermé dans une petite étable qu'on avait arrangée pour lui à côté de l'écurie, et Marguerite dut remettre au lendemain ses projets de promenade avec son petit agneau.

Elle ne dormit presque pas cette nuit-là ; et le lendemain, dès qu'elle eut déjeuné, elle demanda la permission d'aller dans le parc avec Mimi. On lui mit une capeline pour la garantir du soleil, qui était déjà brûlant, et la petite bergère emmena, un peu de force, Mimi, qui ne la connaissait pas encore très bien et qui ne pouvait comprendre les excellentes intentions dont elle était animée envers lui.

La bonne de Marguerite s'assit sur l'herbe avec son ouvrage, et la petite fille se mit à courir, excitant l'agneau à la suivre, essayant de lui faire manger des brins d'herbe.

Peu à peu le petit animal, s'apprivoisant avec elle vint manger dans sa main, et la petite fille, au comble de la joie, lui prodiguait les noms les plus tendres et répétait :

« Il me connaît, Mimi, il vient à moi ; venez, monsieur Mimi ; allons, viens, mon petit, je ne veux pas te faire de mal ; c'est ton nom, Mimi ; le sais-tu, mon gros chéri?

« Tu es gentil, Mimi, je t'aime de tout mon cœur, et je ne me lasserai pas de toi comme de mes joujoux qui ne sont pas vivants ; tu es vivant, toi ; tu remues, tu marches tout seul, sans ressort ;

c'est bien plus amusant que tous les joujoux qu'on achète. »

Marguerite était folle de joie ; elle n'avait, en effet, jamais été aussi contente; le lendemain, elle passa encore sa journée avec Mimi ; le surlendemain, de même : c'était merveilleux. Le quatrième jour, elle dit qu'elle était fatiguée et que, si maman y consentait, elle irait jouer avec Adrienne.

Sa mère le lui permit.

« Tu n'aimes donc plus ton agneau ? » lui dit sa cousine en souriant.

Marguerite devint toute rouge.

« Pourquoi me dis-tu cela ? fit-elle.

— Mais parce que tu l'as quitté pour venir me voir. Petite cousine, ajouta la gentille et raisonnable enfant en prenant la main de Marguerite, il faut que je te parle.

— Qu'est-ce que tu veux ? demanda celle-ci avec un peu d'embarras.

— Eh bien ! ne te fâche pas, au moins, car je t'aime de tout mon cœur, ma mignonne Marguerite ; mais je vois que tu es déjà lasse de ton petit agneau, bientôt tu ne t'en occuperas plus du tout, et cela fera de la peine à ta maman de voir que tu as encore changé d'avis.

— Faire de la peine à maman qui est si bonne ! Oh ! non, ne dis pas cela, Adrienne ! »

Et comme Marguerite avait très bon cœur, les larmes lui vinrent aux yeux à cette seule pensée qu'elle pourrait faire de la peine à sa mère.

« Il dépend de toi de ne pas la chagriner, reprit Adrienne ; continue d'aimer Mimi ; ce ne sera pas bien difficile, il est si gentil !

— Écoute, Adrienne, c'est plus fort que moi, et cela me fait du chagrin à moi-même, mais je veux te dire la vérité : Mimi m'ennuie, je ne peux plus le souffrir.

— Est-il possible ! s'écria Adrienne en joignant les mains ; et tu l'as tant désiré !

— C'est vrai, aussi je ne sais comment avouer à maman que je ne l'aime plus. Donne-moi un conseil.

— Tu n'aimes plus Mimi ! Mais alors c'est que tu as envie d'autre chose, d'un joujou peut-être ?

— Non.

— Viens avec moi, nous allons demander à maman la permission d'aller dans le parc ; nous emmènerons Mimi, ta poupée et ta petite voiture dans laquelle tu la promènes ; nous attellerons Mimi à la voiture, et, tu verras, tu t'amuseras tant, que tu aimeras la pauvre petite bête.

— Non ; j'ai emporté hier ma poupée et sa voiture, j'ai fait ce que tu dis, mais ça m'a ennuyée ; il me semble qu'il doit y avoir des jeux plus amusants.

— Veux-tu que je te dise ce que tu as, Marguerite ? dit Adrienne avec un peu de sévérité ; tu es trop heureuse, trop comblée de joujoux, d'amusements de toutes sortes ; c'est pour cela que rien ne te plaît ; si tu avais eu un peu moins tout ce que tu désirais, tu serais plus facile à contenter.

— Tu vas me gronder, dit Marguerite, qui se mit à pleurer à chaudes larmes ; je suis pourtant déjà bien assez malheureuse de ne pouvoir m'amuser de rien, et surtout de faire de la peine à maman. »

Et les larmes de la pauvre Marguerite redoublèrent.

« Ne pleure pas, lui dit sa cousine en l'embrassant ; je ne veux pas te gronder, je veux seulement te parler raison. Il ne faut pas m'en vouloir, car je t'aime de tout mon cœur. Veux-tu venir avec ma bonne et moi faire une promenade dans le village ?

— Je le veux bien, » dit Marguerite en essuyant ses larmes.

La bonne d'Adrienne avait justement plusieurs courses à faire, et elle ne demanda pas mieux que d'emmener les deux petites filles. En revenant, comme elles étaient un peu fatiguées, toutes trois s'assirent sur un banc, à l'ombre des grands arbres qui étaient sur la place de l'église.

Elles y étaient depuis quelques instants à peine, lorsqu'elles virent sortir de l'église une femme très vieille, très vieille, qui marchait péniblement en s'appuyant sur un bâton.

Marguerite fut émue de pitié en la voyant marcher si difficilement, et elle demanda à la bonne la permission d'aller l'aider.

La bonne, qui connaissait de vue la vieille femme, y consentit, et Marguerite, toute joyeuse, courut la prier de s'appuyer sur son épaule pour gagner le banc où Adrienne était restée assise avec sa bonne.

Le joli visage de Marguerite était rayonnant, et la satisfaction qu'elle éprouvait d'avoir pu venir en aide à la pauvre infirme lui avait fait oublier tout son chagrin.

« Quel joli petit ange que cette enfant ! dit la vieille lorsqu'elle fut assise ; sa maman doit être bien heureuse. »

Marguerite rougit, car un compliment qui tombe à faux est pire qu'un blâme, et la conscience de la petite fille lui disait qu'elle faisait du chagrin à sa bonne mère par son caractère changeant.

« N'est-il pas vrai, mon enfant, lui dit encore la bonne femme, que vous faites tout ce que vous pouvez pour rendre votre maman heureuse? Vous avez si bon cœur, que, j'en suis bien sûre, vous ne voudriez pas lui faire de peine. »

Marguerite était incapable de mentir, et, quoiqu'elle fût encore bien jeune, elle ne pouvait supporter l'idée de tromper en acceptant des louanges qu'elle ne méritait pas.

« Je ne suis pas bien bonne, murmura-t-elle toute confuse; je fais du chagrin à maman.

— Vous, mon enfaut! s'écria la vieille, c'est impossible. Quel chagrin pouvez-vous lui faire? »

Alors Marguerite raconta comment ce qui lui plaisait un jour l'ennuyait le lendemain, et la manière dont elle s'était lassée du petit agneau qu'elle avait tant désiré.

« Oh! ma chère petite, reprit la bonne femme, corrigez-vous de ce défaut; vous avez si bon cœur, vous êtes si franche, si honnête, que cela vous sera facile. Je crois, comme votre cousine, que c'est parce que vous avez à profusion tout ce que vous pouvez désirer, que vous êtes si difficile à contenter; mais songez quelquefois aux pauvres enfants qui sont moins bien partagés que vous, et vous apprécierez mieux votre bonheur, et vous saurez mieux en jouir. Voulez-vous que je vous raconte mon histoire? Peut-être vous sera-t-elle utile, en vous montrant que tous les enfants ne sont pas si heureux que vous. »

Comme la vieille vit que les deux petites filles

l'écoutaient attentivement, elle continua, sans attendre leur réponse :

« Je n'avais que six ans lorsque je perdis, à deux mois de distance, mon père et ma mère; c'étaient des commerçants qui vivaient dans l'aisance; mais, à leur mort, on reconnut qu'ils laissaient plus de dettes que d'argent, et on vendit tout ce qu'ils possédaient, me laissant seulement quelques vêtements à mon usage.

« Une parente éloignée me recueillit chez elle, et j'y restai jusqu'à dix ans, lui rendant tous les services qui n'étaient pas au-dessus de mes forces et faisant ses commissions.

« Je me souviens qu'un jour entre autres, j'avais alors sept ans, et c'était en hiver, il faisait du verglas et je portais des sabots, elle m'envoya chercher une douzaine d'œufs et du lait. Comme je revenais à la maison, tenant les œufs dans mon tablier et la boîte au lait à ma main, je glissai et tombai au milieu de la rue; j'avais la figure ensanglantée, mais ce n'était pas là ce qui m'inquiétait le plus ; les œufs étaient cassés, et, la boîte s'étant ouverte dans ma chute, le lait était répandu.

« Je me mis à pleurer de toutes mes forces, et j'avais bien raison, car ma parente me battit cruellement. Ce sont là mes souvenirs d'enfance; vous pensez bien que pour moi il n'était pas question de joujoux, de poupées ni de petits agneaux.

« A dix ans on me mit en apprentissage chez une couturière qui consentit à me recevoir pour rien, à condition qu'on lui abandonnerait cinq années de mon temps. Là j'eus de petites camarades de mon âge, mais je n'avais pas la permission de leur parler;

et quand je perdais le temps que je devais à la maîtresse couturière, je recevais encore des coups.

« Vous voyez que je n'étais pas bien heureuse, pourtant j'avais fabriqué moi-même une espèce de poupée avec des chiffons, et je lui faisais des robes; je la soignais avec plus de bonheur peut-être que vous ne soignez vos poupées magnifiques. Malheureusement un jour la maîtresse aperçut ma pauvre poupée, et elle la jeta au feu. Ce fut un grand chagrin pour moi quand je la vis brûler; mais mon temps appartenait à la maîtresse, et je n'avais pas le droit de le perdre à m'amuser.

« A quinze ans j'étais déjà une bonne ouvrière, et depuis longtemps je rendais d'importants services; aussi la maîtresse consentit à me payer mon travail. A force de courage, d'ordre et d'économie, j'arrivai à gagner ma vie. Je me mariai, et je tâchais d'élever de mon mieux les deux enfants que le Seigneur, m'avait envoyés, lorsqu'il me les a repris. Il y a dix ans que mon mari est mort, après une longue maladie qui avait épuisé nos dernières ressources, et moi je suis restée seule, vieille, pauvre et infirme; mais j'ai du courage, car j'ai été élevée à une rude école. Les bonnes âmes du pays me viennent en aide, et quand je rencontre sur mon chemin de petits anges comme vous, mes chères enfants, je prie Dieu qu'il leur accorde le bonheur dont j'ai été privée, et je me sens toute rajeunie. »

La vieille se tut. Marguerite écoutait encore, en fixant ses grands yeux sur la conteuse; enfin elle s'écria :

« Oh! merci, merci, de m'avoir raconté votre histoire! Oui, j'étais bien coupable envers maman, qui est si bonne pour moi, et envers le bon Dieu, qui m'a donné maman, et tout ce qu'il faut pour être heureuse; mais maintenant je serai, comme Adrienne, toujours contente de tout, toujours de bonne humeur ; je me fais fête de revoir Mimi, et ma poupée, et mes joujoux ; je voudrais déjà être en hiver, Adrienne, pour te montrer que j'aimerais à ramasser du bois dans le parc; quel malheur qu'on ne soit pas encore en...

— Eh bien ! lui dit Adrienne en souriant, tu recommences déjà !

— Oh ! c'est vrai ; pardon, pardon ; non je suis contente d'être à aujourd'hui, je ne désire pas autre chose; allons bien vite dire à maman que je suis corrigée et que j'aime toujours Mimi, pauvre Mimi !

— Madame, ajouta-t-elle en se tournant vers la vieille femme, voulez-vous bien vous appuyer sur moi et venir avec nous pour dire à maman que je suis corrigée ? »

La pauvre femme ne voulait pas y consentir, mais la bonne joignit ses instances à celles des enfants, en lui assurant que la mère de Marguerite serait très contente de la voir, et qu'elle tâcherait de lui venir en aide.

On se dirigea donc vers le château ; Adrienne marchait devant avec sa bonne, tandis que Marguerite suivait avec la vieille femme, qui s'appuyait sur son épaule, ce qui rendait la petite toute fière.

En arrivant auprès de sa maman, la petite fille parlait avec tant de précipitation, qu'il était difficile de la comprendre ; cependant tout finit par s'expliquer, et la maman, la grand'maman, furent enchantées en apprenant que, cette fois, Marguerite était corrigée *pour tout de bon.*

« Sera-ce durable? lui dit sa mère.

— Oh ! oui, maman, pour cette fois j'en suis sûre, répondit Marguerite avec fermeté.

— Oh ! oui, ma tante, affirma Adrienne.

— Je le crois aussi, reprit la grand'maman, car votre chère petite Marguerite a si bon cœur, qu'elle se souviendra toujours de la pauvre orpheline dont elle a entendu l'histoire ; et il est bien certain qu'en se la rappelant, le moindre de ses joujoux, le plus petit plaisir qu'on lui fera lui paraîtront précieux, et qu'elle ne s'en lassera pas. »

En effet, à partir de ce moment, le caractère de Marguerite changea ; elle trouva du plaisir à tout ce qui l'ennuyait jadis, et sa société devint pour sa cousine et pour ses amies beaucoup plus agréable qu'autrefois, alors qu'elle ne voulait jamais s'occuper pendant cinq minutes de suite de la même chose.

Souvent elle allait jouer dans le parc avec sa petite sœur Adrienne et Mimi, tandis que sa maman travaillait assise à l'ombre des grands arbres.

« Marguerite, lui disait parfois alors sa maman en lui souriant avec bonté, te souviens-tu du temps où tu n'étais jamais contente de ce que tu avais, et où ce que tu n'avais pas te paraissait toujours un grand, grand bonheur?

— Oh ! oui, maman, répondait Marguerite, je m'en souviens ; mais le jour où j'ai eu la pensée d'aider une pauvre femme infirme à marcher, j'ai trouvé le vrai bonheur, et maintenant tout m'amuse.

— Eh bien ! reprenait la maman, la bienfaisance alors t'a apporté le bonheur, et pour toi surtout, mon enfant, on peut dire qu'un bienfait n'est jamais perdu. »

LA

MAMAN DE HUIT ANS

I

PETITE SŒUR ET PETIT FRÈRE

« Nana, ma mignonne, je vais aller travailler au château ; sauras-tu bien veiller sur ton petit frère qui dort, lui faire chauffer sa bouillie quand il s'éveillera, et la lui donner à manger

— Oh ! oui, maman, sois tranquille, je soignerai bien mon petit frère Michel ; je serai sa petite maman. »

Nana, ayant pris son tricot, alla s'asseoir gravement par terre à côté du berceau de Michel et se mit à travailler.

Nana n'était pas bien vieille, elle avait à peine huit ans. Cependant, par rapport à Michel, c'était une personne très respectable, car le petit frère n'avait que deux mois.

La maman de Nana, à peu près rassurée sur le compte de ses enfants, les quitta pour aller travailler au château, où elle raccommodait du linge, tandis que Jacques, son mari, aidait le jardinier.

Lorsque Nana se vit seule avec son petit frère, elle se leva tout doucement pour aller fermer la porte de la cabane ; car elle avait peur que les chiens du village ne vinssent, en aboyant, réveiller le petit Michel.

Puis elle se pencha pour regarder le marmot, qui dormait paisiblement ; sa petite bouche s'entr'ouvrait comme s'il eût eu envie de rire, et son visage était tout rouge, tant il dormait de bon cœur.

Nana se mit, elle aussi, à sourire ; car elle était très joyeuse et très fière de voir que le petit Michel dormait aussi tranquillement près d'elle que s'il eût été gardé par une grande personne.

Elle lui sut beaucoup de gré de cette marque de confiance.

Et, reprenant son ouvrage, elle se mit à tricoter de toutes ses forces pour finir les petits bas de coton bleu qui devaient servir à Michel lorsqu'il commencerait à marcher.

Mais, pendant qu'elle était ainsi occupée, elle entendit crier à côté d'elle.

Michel s'était éveillé, et il appelait sa maman à sa manière.

Nana s'empressa de quitter son ouvrage et de prendre le petit frère dans ses bras.

Il était très lourd ce gros Michel, et la pauvre Nana avait toutes les peines du monde à le porter. Pour comble de malheur, il ne cessait de crier, et je vous assure qu'il était encore bien plus rouge que tout à l'heure, lorsqu'il dormait si tranquillement.

Nana le promenait en le berçant et en lui chantant de jolies chansons ; elle embrassait tout doucement ses grosses joues rouges, puis elle s'asseyait et le faisait sauter sur ses genoux.

Mais elle avait beau faire, le petit Michel criait toujours.

Enfin Nana pensa que peut-être il avait faim.

Il s'agissait de donner de la bouillie au petit frère.

Ce n'était pas une mince besogne, car pour lui donner de la bouillie il fallait d'abord la faire chauffer ; or le feu était presque éteint, et le petit Michel criait si fort, qu'il n'y avait pas moyen de songer à le remettre dans son berceau.

Mais Nana était une excellente petite maman ; elle savait toujours fort bien se tirer d'affaire. Elle prit avec sa main droite l'oreiller du petit garçon, qu'elle tenait du bras gauche serré contre elle, si fort, de crainte de le laisser tomber, que Michel criait de plus belle, et, posant cet oreiller par terre auprès de la cheminée, elle coucha dessus le petit frère.

Alors, libre de ses deux mains et toute rouge elle-même des efforts qu'elle avait faits, Nana rapprocha les deux tisons qui étaient dans la cheminée et se mit à souffler dessus, ce qui lui faisait de grosses joues toutes rondes.

Les tisons se rallumèrent et commencèrent même à flamber un peu, ce qui parut beaucoup intéresser le petit Michel, car il cessa de pleurer et se mit à ouvrir la bouche en agitant les bras d'un air content, comme un petit oiseau qui bat des ailes.

Encouragée par ce double succès, Nana se releva toute fière et alla chercher la bouillie que sa maman, avant de sortir, avait préparée dans une petite casserole.

Bientôt la bouillie fut tiède; Nana, s'asseyant gravement sur une chaise basse, prit le petit frère sur ses genoux, et, après avoir approché de ses lèvres la cuillerée de bouillie pour s'assurer qu'elle n'était pas trop chaude, elle la versa dans la petite bouche ouverte de Michel, qui se tournait de son côté d'un air satisfait et paraissait parfaitement comprendre qu'il avait là une petite maman pour remplacer la grande, et qu'il fallait bien manger avec elle.

Nana était enchantée de voir que le petit frère était si sage. Dans sa joie, elle riait toute seule, et le bébé riait en la voyant rire, de sorte qu'on n'a jamais vu deux petites bonnes gens si gais et si bien d'accord.

Quand le repas fut terminé, Nana remit Bébé dans son berceau, et, pour l'amuser, elle dansa devant lui en tenant sa robe dans ses deux mains; puis quand le petit frère, fatigué, commença de nouveau à pleurer, elle le berça doucement jusqu'à ce qu'il s'endormît.

Aussi, quand la maman revint, elle trouva Nana tranquillement occupée à tricoter auprès de Michel qui dormait; un bon feu brillait dans la cheminée, l'eau qui devait servir à faire la soupe était bouillante, et, sur la table, trois assiettes de terre brune avec trois cuillers et trois verres étaient aux places de Nana, de son papa et de sa maman.

Nana, comme récompense de son activité, reçut un gros baiser.

Elle l'avait bien mérité.

II

UNE GRANDE PROMENADE

La maman de Nana, voyant que sa chère petite fille la remplaçait si bien auprès de Bébé, reprit son

M. Michel.

travail habituel, et quitta sa maison tous les matins pour aller en journée de côté et d'autre.

Nana était vraiment la petite mère de Bébé, qui la connaissait très bien, qui lui tendait en riant ses petits bras dès qu'il l'apercevait, et qui pleurait quand elle n'était pas là.

Michel avait grandi ; on était au mois de mars ; le petit garçon commençait à se tenir sur ses pieds, et Nana, se mettant devant lui, l'appelait doucement pour lui apprendre à marcher.

Michel, qui était habitué à faire tout ce que voulait sa petite maman, essayait de son mieux de répondre à cet appel ; mais il était si lourd, ce gros garçon, que ses petites jambes étaient trop faibles pour le soutenir, et que le plus souvent il se laissait tomber assis par terre avant d'arriver jusqu'à Nana.

Comme il ne s'était pas fait de mal, il se mettait à rire.

Et comme il commençait à parler, il balbutiait : « Bébé, il a fait pouff. »

Alors sa petite maman Nana, enchantée de l'entendre causer, accourait s'asseoir près de lui ; elle l'embrassait bien fort sur ses deux joues rouges, et tous deux se mettaient à causer.

Et, croyez-moi, leur conversation était des plus intéressantes.

« Bébé, disait Nana, dites : Bonjour, papa.

— Bonjou, papa, répondait immédiatement Bébé.

— Où est papa ? demandait la sœur aînée ; où est maman ? où est le bon Dieu ? »

A ces diverses questions Bébé répondait par une exclamation à peu près inintelligible, mais qui, au dire de Nana, signifiait clairement : « Là. »

Et le fait est que, comme Bébé, en faisant entendre cette exclamation, montrait alternativement les champs, le château, et le ciel, on pouvait en conclure que la traduction de Nana était juste.

Un jour, — le gros Michel commençait alors à bien marcher tout seul, — Nana eut la fantaisie de mener le petit frère faire une longue promenade.

Ils partirent tous deux ; Nana tenait à la main un panier dans lequel il y avait de l'eau dans une bouteille pour Bébé quand il aurait soif, et du pain pour Bébé quand il aurait faim, car le petit frère mangeait maintenant aussi bien que Nana elle-même, et il n'était plus nécessaire de lui faire de la bouillie.

Michel se roulait par terre à chaque instant, et marchait plus souvent à quatre pattes que sur ses deux pieds.

Mais sa petite maman le grondait ; elle prenait sa grosse petite main et l'obligeait à marcher auprès d'elle comme un petit homme très raisonnable.

Bébé, qui craignait sa maman Nana, prenait un air grave et marchait tranquillement pendant cinq minutes. Puis il commençait à pousser de gros soupirs en essayant de dégager sa main de celle de Nana.

Mais Nana le tenait très fort ; il ne pouvait y parvenir, aussi finissait-il par crier comme si on l'eût brûlé.

« Allez, Monsieur, disait alors Nana en le lâchant ; vous êtes un méchant, je ne vous mènerai plus promener. »

Et elle s'éloignait sans regarder Michel, qui paraissait se soucier fort peu de ses menaces, et se roulait sur le chemin au grand soleil, comme un petit chat.

Quand elle était à dix pas, Nana se retournait, car c'était bon de s'éloigner un peu pour plaisanter, mais Nana était une trop bonne petite mère pour abandonner ainsi son cher Bébé au milieu du chemin.

Elle voyait ce gros sans-souci de Michel qui se mettait de la terre sur la figure et dans les yeux et qui ne paraissait pas songer à elle. Alors elle se décidait à revenir près de lui. Elle lui essuyait tout doucement le visage avec son tablier; puis elle essayait de le raisonner; elle lui expliquait comment, ayant une longue route à faire, ils n'arriveraient jamais au but de leur voyage s'ils s'arrêtaient ainsi à chaque instant.

Mais Bébé goûtait peu ces raisons, et il fallait que sa petite maman le prît par la main pour l'obliger de marcher.

Aussi était-il déjà tard lorsqu'ils arrivèrent à l'entrée du petit bois où Nana avait eu le projet d'aller cueillir des violettes.

Il fallait voir alors comme le petit frère fut content lorsqu'elle l'installa, commodément assis sur le gazon vert, le dos appuyé contre un arbre dont le feuillage épais lui donnait de l'ombre, et qu'elle tira de son panier un gros morceau de pain qu'elle lui fit manger par petites bouchées, ayant soin de lui donner à boire de temps en temps, de crainte qu'il ne s'étouffât.

Il n'avait encore jamais rien vu, ce gros Michel. Aussi tout l'étonnait.

Un hanneton passa devant lui en bourdonnant :

« Oh ! oh ! fit-il en le montrant du doigt, une grosse moumouche, là !

— Non, dit Nana en riant de tout son cœur, ce n'est pas une mouche, c'est un hanneton; un vilain hanneton, qui mange les feuilles des arbres.

— Des arbres? répéta Bébé en montrant les arbres qui l'entouraient.

— Oui, continua gravement la petite mère, et les oiseaux mangent les hannetons ; ils sont gentils, les oiseaux, ils sont bien sages.

— Les... oiseaux, gentils, reprit Bébé en riant et en agitant ses petits bras d'un air joyeux. Bien... sages... les oiseaux ! »

Une conversation si intéressante devait se prolonger longtemps. Le petit frère était extrêmement curieux; il voulait tout voir, tout connaître. Nana était obligée de lui donner des explications sans fin sur tout ce qui frappait ses regards. Puis, dès que Bébé fut un peu reposé, ce fut bien une autre affaire ; il voulut aller à la découverte, et, marchant à quatre pattes, selon son habitude, se mit bravement en route sans s'inquiéter si sa petite maman le suivait.

Nana, qui cueillait des violettes, fut bien étonnée, en relevant la tête, de voir que son petit frère avait quitté sa place et s'était déjà éloigné de plus de dix pas. Elle courait à lui pour le ramener; mais, voyant que M. Michel avait une volonté bien arrêtée de courir le monde, elle prit le sage parti de le suivre tout doucement.

Bébé, enchanté d'être son maître, se roulait sur le gazon, puis reprenait sa course en faisant des zigzags indéfinis, chaque fois qu'il apercevait une petite pierre brillante ou une goutte de rosée dans le calice d'une fleur :

« Oh ! oh ! faisait-il en montrant du doigt ces merveilles : beau, beau, bien beau !

— N'est-ce pas, mon chéri, que c'est bien beau ? disait en l'embrassant Nana, toute joyeuse de voir son petit frère si content. Mais il est tard, il faut rentrer à la maison.

— Non ! non ! Bébé ne veut pas ! » répondait Michel, qui, se trouvant bien là, ne voyait pas de raison pour s'éloigner.

Malgré les prières de la petite maman, qui craignait que la vraie maman, la maman pour de bon, ne s'inquiétât de leur retard, ce gros bébé sans-souci ne voulait pas partir.

Et Nana ne pouvait se décider à le contrarier. D'ailleurs il faisait si bon sous les arbres, à l'entrée du petit bois, qu'elle-même n'était pas bien pressée de reprendre le chemin du logis.

III

COURAGE DE LA PETITE MAMAN

Cependant il n'est si belle fête qui ne finisse. Nana se décida à user de son autorité, et dit d'un ton ferme au petit frère :

« Allons, Monsieur, soyez sage et venez tout de suite avec moi, ou je vais me fâcher ! »

Cette fois, Michel comprit qu'il n'y avait pas à plaisanter ; il ne répliqua pas et ne fit aucune résistance quand Nana prit sa main, il la suivit même assez docilement, quoique en pleurnichant tout bas.

« Viens, petit frère, lui disait Nana pour l'encourager ; marchons vite, nous allons voir maman, qui donnera de la soupe, de la bonne soupe à Bébé. »

Mais le pauvre petit était fatigué d'avoir couru au grand air pendant toute la journée. Il ne pouvait plus lever les pieds et pleurait à chaudes larmes parce que sa sœur le traînait pour le faire avancer.

Nana, voyant cela, prit bravement son parti.

Elle passa son panier à son bras gauche, et, enlevant à grand'peine le petit frère sur son bras droit, elle se remit en marche.

Mais il était si lourd, si lourd, ce Bébé, que c'était maintenant la pauvre Nana qui ne pouvait plus avancer.

Elle était forcée de s'arrêter à chaque pas; la respiration lui manquait; elle était toute rouge, tant elle avait chaud, et pour comble de malheur le petit frère, fatigué, penchait sa tête sur l'épaule de sa petite maman et semblait prêt à s'endormir.

« Michel, je t'en prie, ne t'endors pas encore, répétait Nana. Nous sommes à peine à moitié chemin ; je n'aurai jamais la force de te porter jusqu'à la maison ! »

Mais Bébé, qui avait sommeil, ne l'écoutait guère, et, à mesure qu'il s'endormait plus profondément, il devenait plus lourd.

Nana, incapable d'avancer davantage, s'assit par terre au bord du chemin, et appuya sur ses genoux la tête du petit frère, qui s'endormit aussi paisiblement que s'il eût été dans son lit.

Ils étaient là depuis quelques instants, l'un dormant, l'autre se désolant en songeant à l'inquiétude qu'allait éprouver sa mère, lorsqu'on entendit à peu de distance des aboiements furieux.

Quelques mauvais garçons du village avaient pris un malin plaisir à tourmenter, à harceler de mille manières un pauvre dogue qui passait près d'eux sans songer à les attaquer. Ils avaient fini par le mettre en colère ; puis, effrayés, lorsqu'ils l'avaient vu furieux, ils s'étaient sauvés à toutes jambes, tandis que le chien courait en aboyant et semblait chercher une victime sur laquelle il pût se venger des mauvais traitements qu'on lui avait fait endurer.

Bientôt Nana, pâle de terreur, le vit s'avancer haletant, la langue pendante, les yeux sortant de leur orbite. Michel, qui s'était réveillé au bruit, se mit à pousser des cris perçants.

Nana, malgré sa frayeur, eut assez de présence d'esprit pour faire passer le petit frère derrière elle. La courageuse enfant resta donc seule exposée à la fureur du redoutable animal, qui avançait toujours et se dirigeait vers elle.

L'effroi de la pauvre petite était si grand, qu'elle ne pouvait même jeter un cri. Elle n'avait plus de voix ; elle était tombée à genoux, et, tout en étendant les bras comme pour garantir son petit frère, elle priait au fond du cœur la sainte Vierge de venir à leur secours à tous deux et de lui inspirer un moyen pour sauver Michel du danger qui le menaçait

La bienheureuse protectrice en qui elle avait eu recours, et qui n'abandonne jamais ceux qui mettent en elle leur confiance, ne repoussa pas la prière de Nana ; elle lui envoya l'inspiration que la chère petite avait demandée.

Nana, voyant le chien haletant, saisit, presque sans savoir ce qu'elle faisait, la petite tasse qui avait servi à Michel, et la bouteille qui était encore à moitié pleine d'eau.

Elle versa le contenu de la bouteille dans la tasse, qu'elle posa par terre, devant le dogue, au moment où celui-ci arrivait près d'elle.

Le chien, surpris d'abord, se recula en grondant sourdement. Puis, après un instant d'hésitation, il s'approcha de la tasse, et, comme la pauvre bête souffrait surtout de la soif, il ne resta bientôt plus une goutte d'eau.

Plus calme alors, l'animal, qui n'était pas d'un

Les enfants, effrayés, s'étaient sauvés à toutes jambes.

naturel méchant, mais qui avait été mis hors de lui par les taquineries des enfants qui l'avaient tourmenté, se tourna vers la petite fille comme s'il eût encore sollicité quelque chose d'elle.

Nana, un peu rassurée par cette attitude pacifique, prit un morceau de pain dans le panier et le tendit au chien, qui n'en fit qu'une bouchée.

Un second morceau eut le même sort, puis un

troisième, et ainsi de suite jusqu'à ce que toute la provision fût épuisée.

« Maintenant, dit Nana, tout à fait tranquille, je n'ai plus rien. »

Le chien semblait comprendre les paroles de sa petite bienfaitrice; il lui lécha les mains et se coucha à ses pieds d'un air soumis, souffrant sans impatience que Michel, qui, lui aussi, avait oublié sa frayeur, passât ses petites mains sur son dos.

« Il faut nous remettre en route, dit Nana, qui voyait le jour baisser; pourras-tu marcher, petit frère?

— Non, peux pas; Bébé fatigué, dit Michel résolument.

— Eh bien! je vais essayer de te porter. »

Nana essaya de soulever Michel; mais ses forces trahirent son courage, elle ne put en venir à bout.

« Toi qui m'as fais si peur, dit-elle au chien, qui s'était levé comme pour la suivre, tu devrais bien m'aider à porter Bébé. »

A ces mots, dits par hasard, une idée lumineuse traverse l'esprit de la petite fille.

« Pourquoi pas? dit-elle tout haut; il n'a pas l'air méchant maintenant, ce chien, il peut bien te porter, petit frère. Dis, veux-tu aller à dada sur le toutou? Je te tiendrai bien.

— Oui, oui, à dada, Bébé, à dada! » s'écrie Michel, ravi de cette idée et frappant joyeusement ses petites mains l'une contre l'autre.

Aussitôt fait que dit. Voilà Nana qui assied Michel sur le dos du chien.

Celui-ci la laissa faire; la petite maman tient solidement Bébé par le bras, et les voilà partis tous les trois.

En approchant de la maison, ils rencontrèrent leur maman, qui était bien inquiète, ne sachant pas ce qu'ils étaient devenus.

Nana lui raconta comment ils avaient passé la journée à courir dans le bois, comment ils étaient si fatigués tous deux, que le petit frère ne pouvait pas marcher et que la grande sœur ne pouvait pas porter le petit frère. Enfin elle lui dit comment ils avaient été effrayés par un chien qui en réalité n'était pas méchant du tout, puisque c'était lui qui avait rapporté le petit frère.

La pauvre maman, en apprenant à quel danger ses chers enfants avaient échappé, ne put retenir ses larmes. Elle remercia du fond du cœur le bon Dieu et la sainte Vierge Marie, qui avait exaucé la prière de Nana, et elle embrassa de tout son cœur la bonne petite fille, qui, par son courage et sa présence d'esprit, avait sauvé son frère.

Quand Michel fut grand, on lui raconta souvent cette histoire. Comme c'était un très bon enfant, il ne l'écoutait jamais sans aller embrasser sa petite maman Nana, et lui promettre de toujours bien l'aimer pour la remercier de l'avoir si bien soigné quand il était petit.

LA MIGNONNE

DE LA MAISON VERTE

I

LES MYSTÈRES DU VIEUX CHATEAU

Voulez-vous savoir l'histoire de la Mignonne de la maison verte, telle qu'on la raconte encore dans le village de S...?

Cette mignonne s'appelait Louise, et elle avait six ans.

C'était la petite-fille d'une bonne vieille femme nommée Jeanne, qui n'avait pas de plus grand bonheur que de soigner l'enfant et d'obéir à tous ses caprices.

Louise était si jolie, si gracieuse, avec ses beaux cheveux tout bouclés autour de ses joues rondes et fraîches, son teint blanc, ses grands yeux noirs si intelligents, sa vivacité, sa gaieté malicieuse, qu'on ne pouvait la voir sans l'admirer, et le joli nom de Mignonne semblait convenir si bien à sa petite personne, qu'il avait fini par remplacer le nom de Louise, qu'elle avait reçu à son baptême.

Sa grand'mère, quoiqu'elle fût peu fortunée, trouvait moyen de venir en aide aux malheureux du voisinage, qui l'aimaient et la respectaient comme elle le méritait.

Toutes deux habitaient, à l'entrée du village, une maisonnette dont les murailles étaient peintes en vert clair, les persiennes et la porte en vert foncé; ce qui fait qu'on la désignait habituellement sous le nom de la maison verte.

Mais, nous devons l'avouer à notre grand regret, si la Mignonne était mignonne de nom et d'extérieur, elle l'était fort peu de caractère. Jamais on n'a vu d'enfant plus indocile, plus volontaire, plus capricieuse, que ne l'était à six ans la petite-fille de la mère Jeanne.

Il suffisait que sa grand'mère lui eût défendu d'aller au jardin pour qu'elle y courût aussitôt; elle n'avait pas de plus grand bonheur que de toucher au feu ou à la lumière, parce que sans cesse on lui recommandait de n'en point approcher. La pauvre mère Jeanne se désolait du peu de sagesse de sa Mignonne, mais elle n'avait pas le courage de la punir. Elle la suppliait de vouloir bien lui obéir, et la Mignonne, qui, ainsi que la plupart des enfants gâtés, était un peu égoïste, ne s'inquiétait nullement du chagrin qu'elle causait à sa pauvre grand'mère, et se moquait des ordres et des défenses de celle-ci.

Les bonnes femmes du voisinage hochaient souvent la tête en la regardant, et répétaient tout bas :

« Bien sûr, la mère Jeanne aura du chagrin avec sa Mignonne. Ce n'est pas naturel de voir une enfant si jeune avoir tant de hardiesse et une volonté si décidée. Cette petite-là ne ressemble pas aux autres fillettes du pays; à six ans elle court toute seule les champs et les bois, sans que sa grand'mère puisse l'en empêcher; vous verrez que tout cela finira mal. »

Or vous saurez, mes chers enfants, que cette histoire se passait il y a bien, bien, bien longtemps, alors que la science et la raison n'avaient pas encore chassé du monde les génies et les fées. Les gens qui veulent étudier sont maintenant bien plus puissants, plus riches et plus savants que tous ces êtres surnaturels, qui aujourd'hui sont passés de mode, dont les baguettes magiques servent à battre les habits, et dont tous les sortilèges ne pourraient soutenir la comparaison avec les merveilles auxquelles nous font assister Robert Houdin ou d'autres prestidigitateurs habiles.

Notre histoire remonte donc au temps des fées; et à peu de distance du village habité par la mère Jeanne existait, à demi caché par l'épais feuillage des arbres séculaires qui l'entouraient, un grand château qui, au dire des bonnes gens, servait de demeure habituelle à une quantité de fées.

Certains soirs (peut-être les jours de grande réception), on voyait les fenêtres illuminées, et on entendait les accords d'une joyeuse musique de danse. Plusieurs fois on avait même entendu dans les jardins de bruyantes détonations, et l'on avait vu s'élever au-dessus des arbres les fusées d'un feu d'artifice.

Les gens âgés prétendaient bien qu'autrefois, quand les grands-pères de leurs grands-pères étaient petits, il était arrivé que des enfants mutins, désobéissants, volontaires, gourmands ou menteurs, avaient disparu après s'être approchés imprudemment du château des fées. Parmi ces enfants, les uns étaient revenus chez leurs parents, au bout de quelques années, parfaitement corrigés de leurs défauts; les autres, soit qu'ils fussent restés insensibles à toutes les corrections, soit par toute autre cause impossible à deviner, n'avaient pas reparu. Naturellement ceux qu'on avait pu interroger avaient été accablés de questions; mais tous avaient prétendu qu'ils ne se souvenaient de rien de ce qui s'était passé, et qu'il leur semblait n'avoir pas quitté la maison paternelle.

Comme depuis bon nombre d'années aucun enfant n'avait disparu, cette tradition avait fini par tomber dans l'oubli.

Néanmoins les parents qui avaient des enfants indociles ou d'un mauvais caractère s'efforçaient toujours de les empêcher d'approcher du château des fées. Les plus indomptés obéissaient en ceci docilement à leurs parents, car les récits terribles qu'ils avaient entendus au sujet de ce merveilleux château n'étaient pas faits pour les rassurer.

Mais la mère Jeanne, qui connaissait la hardiesse extraordinaire de sa petite-fille, se gardait bien d'essayer, comme le faisaient les autres commères du village, de l'effrayer par des récits plus tragiques les uns que les autres. Elle savait que la Mignonne aurait couru d'autant plus vite au vieux château, qu'on l'aurait prévenue qu'il était dangereux d'en approcher. Aussi la bonne vieille ne le lui avait-elle désigné que comme une ruine abandonnée, et faisait-elle tous ses efforts pour que les bruits étranges qui couraient sur cette mystérieuse habitation n'arrivassent pas jusqu'à l'enfant.

Malheureusement la Mignonne était trop habituée à rôder toute la journée dans le village pour ne pas entendre souvent bien des conversations qui n'étaient pas destinées à ses oreilles. Aussi, malgré les précautions de la trop faible grand'mère, aurait-elle depuis longtemps su à quoi s'en tenir au sujet du vieux château, si, comme nous l'avons dit plus haut, les rumeurs qui avaient circulé dans le pays, à cause des mystérieuses réunions de ses hôtes fantastiques, n'avaient fini par tomber dans l'oubli. De longues années s'étaient écoulées sans qu'aucun bruit dans les jardins, aucune lumière aux fenêtres, donnassent à supposer que le manoir n'était pas complètement abandonné.

Or il arriva qu'un beau jour la Mignonne se promena dans la grand'rue avec Bébé, son fidèle ami, son compagnon inséparable, et qui n'était autre qu'un charmant agneau d'une blancheur de neige, donné par la mère Jeanne à l'enfant gâtée. Elle vit une douzaine de commères faisant cercle autour du vieux Jean-Baptiste, le jardinier, qui pérorait, gesticulait, faisant l'important, absolument comme lorsqu'il avait fait une station un peu trop longue au cabaret, où, disait-on, le bonhomme passait plus de temps que dans son jardin.

Naturellement la Mignonne courut auprès des commères, qui ne la virent même pas, tout occupées qu'elles étaient à écouter le récit de Jean-Baptiste. Bientôt la curiosité de l'enfant fut excitée au plus haut point; car celui-ci prétendait que, la veille au soir, en revenant de chez un de ses compères avec

La mère Jeanne se rendit dès l'aube au lavoir.

qui (non sans doute sans trinquer plus d'une fois) il avait passé un bout de soirée à bavarder, il avait vu les fenêtres du vieux château éclairées comme pour une fête. S'étant arrêté un instant à les regarder, il avait entendu des instruments de musique; puis il avait cru apercevoir (mais ceci il ne l'affirmait pas) des danseurs et des danseuses passer et repasser derrière les vitres.

Ce récit rappelait aux plus vieilles de l'auditoire tout ce qu'elles-mêmes avaient entendu dire dans leur jeunesse; chacune s'empressa de prendre la parole à son tour, pour mettre ses compagnes plus jeunes au courant des mystères du vieux château.

La Mignonne, le cou tendu, la bouche béante, ne perdait pas une seule des paroles prononcées soit par Jean-Baptiste, soit par les vieilles femmes. Ce ne fut que lorsque, l'heure de préparer le souper étant arrivée, les bavardes durent se séparer, que la Mignonne, suivie de Bébé, se décida à reprendre toute pensive le chemin du logis de sa grand'mère.

Lorsque la pauvre vieille eut appris ce qui s'était passé, grand fut son émoi, je vous assure. S'efforçant de prendre un ton d'autorité qui n'était guère dans ses habitudes, elle défendit expressément à sa chère Mignonne d'approcher du vieux château. Une telle défense était, il faut l'avouer, très imprudente; car, avec le détestable caractère de Mignonne, ce devait être pour elle une raison de plus d'aller au château.

La grand'mère le savait bien, et cette défense qu'elle avait faite sans réfléchir augmentait son inquiétude; aussi eut-elle de la peine à s'endormir.

Quant à Mignonne, elle ne ferma pas l'œil de la nuit.

Or il faut avoir de bien graves préoccupations pour ne pas fermer l'œil de la nuit à six ans!

Six ans! l'âge où l'on voit tout rose,
Où l'on rit quand il fait soleil!
Six ans! l'âge où, calme, on repose
Sans souci d'un triste réveil.

Mais, en effet, la Mignonne avait de graves préoccupations; elle le prouva bien le lendemain.

La mère Jeanne, qui faisait sa lessive elle-même, partit dès l'aube du jour pour aller au lavoir, laissant sa petite-fille encore endormie (elle le croyait du moins), et espérant être de retour avant son réveil.

Mais la grand'mère se fut à peine éloignée, que la Mignonne, sautant en bas de son petit lit, s'empressa de s'habiller.

Elle fit des préparatifs comme pour un voyage, couvrit sa jolie tête de la capeline que Jeanne lui mettait lorsque toutes deux allaient à la ville, mit un morceau de pain dans une de ses poches, deux morceaux de sucre dans l'autre; puis, ayant placé sa poupée dans un petit chariot et ayant saisi la corde qui servait à tirer ce chariot, elle sortit doucement dans le jardin.

En passant, elle ouvrit la porte de l'étable et appela Bébé, qui la suivit docilement, tout en paraissant un peu surpris de cette promenade matinale.

La petite troupe, composée de la Mignonne, de Bébé et de la poupée dans sa rustique voiture, arriva ainsi jusqu'à l'extrémité du jardin, donnant sur la grand'route, en face d'un bois peu fréquenté par les gens du pays, quoiqu'il abrégeât de moitié le chemin du village à la ville, parce qu'il touchait à un autre bois dépendant du château abandonné, et devait à ce voisinage une assez mauvaise réputation.

La Mignonne qui n'avait peur de rien, sortit du jardin, traversa la route et entra bravement dans le bois. Au bout d'une dizaine de pas elle s'arrêta, et, appelant Bébé, se mit en devoir d'attacher à son collier un long cordon, tout en lui expliquant, dans son langage enfantin, le but de leur voyage.

« Bébé gentil, lui disait-elle, lève ta tête, mon mignon, pour que je te mette un beau cordon, que je tiendrai bien serré dans ma main. Nous allons très loin, mon ami, et tu pourrais te perdre dans les grands bois. Nous allons au beau château où l'on voit des lumières, où l'on danse le soir. Je n'ai pas peur que les fées m'emportent, moi; je les battrais si je les voyais, et elles se sauveraient. D'ailleurs, tu me défendrais, n'est-ce pas, mon beau bébé? »

Bébé, comme bien on le pense, ne répondait rien.

En pensait-il davantage? c'est ce qu'il serait difficile d'assurer. Il paraissait bien aise de brouter çà et là de l'herbe tendre, mais assez mécontent d'être tenu en laisse pour la première fois de sa vie.

Laissons, pour le moment, la Mignonne poursuivre péniblement son chemin à travers les broussailles et les hautes herbes qui entravaient sa marche, et revenons-en à la mère Jeanne, que l'inquiétude avait ramenée chez elle plus tôt qu'elle n'en avait d'abord eu l'intention.

La bonne femme eut le cœur serré en voyant que le lit de sa Mignonne était vide. Elle espéra pourtant que l'enfant était dans le jardin ou dans le village, et se mit aussitôt à sa recherche en l'appelant d'une voix tremblante. Mais la Mignonne ne paraissait pas, la Mignonne ne répondait pas. Bientôt tout le village apprit la disparition de l'enfant. Comme la mère Jeanne était généralement aimée, chacun prit part à son chagrin, ce fut à qui l'aiderait dans ses recherches; mais tous les efforts tentés pour retrouver la pauvre petite furent complètement vains. Enfin quelqu'un hasarda ces mots :

« Si elle était allée du côté du vieux château?

— J'y pensais bien! s'écria Jeanne dans un élan de désespoir, mais je ne voulais rien dire; personne n'oserait la chercher dans le bois, et cependant c'est là qu'elle doit être, car j'ai trouvé ouverte la porte du jardin donnant sur la route.

— Bah! hasarda un jeune garçon, en se mettant en nombre et en n'emmenant pas d'enfants, il n'y a pas grand danger.

— Oh! je vous en conjure, supplia la mère Jeanne, allez chercher ma pauvre petite-fille, et je vous bénirai tous les jours de ma vie. »

Il fut convenu qu'on allait faire une battue dans le bois, et la mère Jeanne voulut absolument, malgré la fatigue qui l'accablait, diriger elle-même les recherches. Presque à l'entrée du bois, à l'endroit où la Mignonne s'était arrêtée pour attacher une corde au collier de Bébé, on trouva le chapeau rond de sa poupée, qui était tombé dans l'herbe. Ce fut le seul indice. On alla ainsi jusqu'au mur d'enceinte du parc dépendant du château, et l'on vit que près d'une petite porte donnant dans le bois le sol portait l'empreinte des pas de plusieurs chevaux et des roues d'une voiture, comme si un équipage se fût arrêté là quelques heures auparavant. La nuit était déjà venue depuis longtemps lorsqu'on fit cette découverte à la lueur des torches de résine qu'on avait apportées, et les paysans n'étaient pas trop rassurés en songeant qu'ils allaient se trouver à minuit dans un endroit si dangereux.

Comme ils faisaient ces réflexions, les douze coups de minuit se mirent, en effet, à sonner à l'horloge de l'église et à celle de la mairie. Au même moment on entendit de l'autre côté de la petite porte du parc un doux bêlement qui cessa presque aussitôt, comme si quelqu'un se fût empressé d'emmener l'agneau qui bêlait ainsi.

« Ma Mignonne est là, s'écria la mère Jeanne, chez qui l'amour maternel fit taire toute crainte; frappez à cette porte, priez qu'on me rende mon enfant! »

Mais les paysans, qui ne pouvaient être aussi dévoués à Mignonne que sa grand'mère, eurent une telle frayeur, que, perdant la tête, ils se sauvèrent à toutes jambes, entraînant avec eux la mère Jeanne, qui pleurait et répétait qu'elle ne voulait pas s'en aller sans sa Mignonne.

Le lendemain, la bonne vieille eut le courage de retourner seule à la porte du parc; mais elle n'entendit plus le moindre bêlement; elle osa frapper à cette porte, mais elle n'obtint aucune réponse.

Et la pauvre mère Jeanne, tout en larmes, revint chez elle en répétant que sa petite-fille était à jamais perdue.

Et les jours s'écoulèrent, puis les semaines, les mois et même les années, sans qu'on entendît parler de la Mignonne de la maison verte.

II

CE QU'ÉTAIT DEVENU LA MIGNONNE

Cinq ans s'étaient écoulés depuis l'étrange disparition de la petite-fille de la mère Jeanne, sans que l'on eût pu recueillir un indice de nature à faire connaître quel avait été son sort. On ne savait même pas si elle vivait encore; ceux qui l'avaient connue l'avaient déjà presque oubliée, et l'auraient oubliée tout à fait, si son histoire ne fût venue s'ajouter aux légendes terribles du château des fées.

La mère Jeanne seule pleurait toujours. La pauvre femme avait bien vieilli depuis qu'elle était privée de la présence de sa Mignonne. Pourtant elle espérait encore; une voix au fond du cœur semblait lui répéter qu'elle reverrait sa chère enfant, et la bonne vieille, qui était très pieuse, croyait à cette voix, que Dieu, pensait-elle, lui faisait entendre pour la consoler.

Un jour, le village fut mis en émoi par une nouvelle bien surprenante. On disait que le château des fées, ce château si dangereux que nul n'osait en approcher, allait être habité.

— Et par qui, s'il vous plaît?

— Mon Dieu, tout simplement par ceux qui en étaient propriétaires.

Ceci étonnait tout le monde, et franchement il n'y avait pas de quoi; car enfin un château, voire même une maison, a toujours un propriétaire, et qu'y a-t-il de plus naturel que d'habiter le château ou la maison qui vous appartient? Mais il y avait si longtemps que le château était inhabité; il avait, par héritage, passé à tant de propriétaires différents, qui jamais n'avaient songé à l'habiter ni même à le visiter, qu'on avait fini par croire qu'il appartenait aux fées, que l'on supposait y avoir élu domicile.

Aussi l'arrivée de ce propriétaire, qui avait l'étrange fantaisie de vouloir habiter sa propriété, excitait-elle parmi les habitants du village la curiosité la plus vive.

Cette curiosité fut quelque peu déçue, car un vieux majordome et une femme de chambre en deuil vinrent un jour préparer les appartements; puis le lendemain soir, par une pluie battante, une voiture fermée amena les nouveaux habitants du château. La voiture ne s'arrêta pas dans le village, de sorte que les curieux ne purent interroger ni le cocher ni le domestique. Jean-Baptiste, qui avait été appelé pour arranger les plates-bandes devant les fenêtres du grand salon, dit seulement que la voiture ne renfermait qu'une vieille dame en deuil et une jeune fille de dix à douze ans, également en deuil.

Voilà tout ce que l'on put apprendre.

Mais, quelques jours après, les bavards eurent de nouveau l'occasion d'exercer leur langue, car le vieux majordome était entré chez la mère Jeanne; il y était resté quelques instants, après lesquels tous deux étaient sortis de la maison verte et avaient pris le chemin du château.

La bonne vieille éprouvait une violente émotion en entrant dans cette demeure, où, pensait-elle, son enfant avait disparu. Son cœur battait avec force, et cependant elle se sentait moins triste qu'à l'ordinaire; car le majordome lui avait dit que la dame du château avait une nouvelle agréable à lui annoncer, et la pauvre mère Jeanne se disait que peut-être cette nouvelle concernait sa chère Mignonne.

Quand on l'introduisit dans un grand salon tout tendu de magnifiques tapisseries, elle regarda vivement autour d'elle, s'attendant presque à voir sa petite-fille.

Mais elle n'aperçut qu'une dame âgée, vêtue de noir, et dont la bienveillante physionomie était encore adoucie par les grandes boucles de cheveux d'un blanc de neige qui entouraient son visage.

Cette dame fit signe à Jeanne de s'asseoir dans un fauteuil placé vis-à-vis de celui qu'elle occupait, et l'interrogea avec bonté sur son genre de vie, ses occupations, sa position de fortune, les chagrins qu'elle avait éprouvés; enfin sur tout ce qui la concernait.

La pauvre bonne mère Jeanne ne se fit pas prier pour raconter son histoire; elle parla surtout longuement de sa petite-fille et de la manière dont elle lui avait été ravie, et comme l'aïeule, en disant la douleur qu'elle avait éprouvée de la perte de Mignonne, ne pouvait retenir ses larmes, la bonne dame en fut si émue, qu'elle-même eut de la peine à ne pas pleurer.

Lorsque Jeanne eut fini, la dame voulut à son tour lui raconter son histoire; elle la pria seulement de ne pas l'interrompre, quand bien même ce qu'elle ntendrait lui causerait une violente émotion.

La mère Jeanne promit, mais elle ne tint pas tout à fait sa parole, car elle interrompit plus d'une fois la dame par des exclamations bruyantes, et l'on ne s'en étonnera pas quand on saura ce que celle-ci lui apprit.

Le mari de cette dame, que le majordome appelait Mme la baronne, avait hérité, dix ans auparavant, du château et de ses dépendances; mais, suivant en ceci l'exemple des parents dont il avait hérité, il ne s'était pas même donné la peine de le visiter, s'en remettant, pour tous les soins à prendre au sujet de cette propriété, à son homme d'affaires, qui venait de temps en temps visiter le château sans que personne dans le pays s'en doutât, attendu qu'il entrait alors par la petite porte du parc donnant dans un bois que les paysans fuyaient avec terreur.

Le baron et la baronne avaient perdu leur fille unique, qui était restée veuve avec un enfant. Cet enfant était, à l'époque où ils héritèrent du château, la plus charmante petite brune qu'on pût voir; elle avait alors trois ans. Un nouveau malheur vint les frapper : l'enfant mourut à son tour en atteignant sa sixième année.

Le baron ressentit tant de chagrin de cette perte, que sa santé en fut altérée. Les médecins lui conseillèrent la distraction, les voyages; mais toutes leurs ordonnances n'amenèrent pas un mieux sensible dans son état.

C'est pendant un de ces voyages qu'ayant dû, par suite d'une indisposition de son mari, s'arrêter un jour dans la ville la plus voisine du village de S..., la baronne, obéissant à un désir du malade, résolut d'aller visiter le château. Elle avait avec elle le vieux majordome, qui, depuis plus de vingt ans, était au service de sa famille. S'étant trouvée retardée, elle ne quitta le château qu'à la nuit, et monta en voiture en recommandant au cocher de se hâter; car elle craignait que le baron ne fût inquiet de son retard, et que cette inquiétude n'aggravât sa maladie.

Mais soudain le cocher fit cabrer ses chevaux lancés au grand galop, et la voiture recula brusquement.

« Qu'y a-t-il? » demanda la baronne effrayée.

Elle descendit de voiture en disant ces mots, et elle vit, étendue au pied d'un arbre et paraissant privée de connaissance, une jolie petite fille de cinq à six ans. La main de l'enfant tenait encore serrés deux cordons, l'un attaché à un petit chariot dans lequel était une poupée, l'autre au collier d'un agneau qui poussait des bêlements plaintifs.

La baronne prit la petite fille dans ses bras et s'aperçut qu'elle vivait encore; elle s'efforça de la ranimer, mais sans y parvenir. Le temps pressait, elle ne savait à qui appartenait l'enfant; elle laissa l'agneau à un petit domestique, garçon de treize à quatorze ans qui l'accompagnait, et lui dit de prendre dans le village quelques informations au sujet de l'enfant qu'elle avait trouvée.

Puis elle partit, emmenant la petite, que son mari accueillit avec joie, et qui, par les soins d'un médecin habile, sortit bientôt d'un évanouissement causé par la faim, la fatigue et la terreur. Mais la pauvre petite ne fut pas plus tôt revenue à elle, qu'une fièvre violente se déclara; le délire s'ensuivit, et la baronne ne put obtenir d'elle aucune explication. Le domestique, en arrivant le lendemain avec l'agneau, dit qu'il n'avait recueilli aucun indice sur la famille de l'enfant abandonnée; mais ce qu'il n'avoua pas, c'est que, au moment où il venait de s'endormir après le départ de la baronne, il avait été réveillé en sursaut par les cris de quinze à vingt personnes, et qu'il avait éprouvé une si grande frayeur, que dès l'aube du jour il s'était mis en route sans entrer dans le village.

La baronne était dans un cruel embarras : la santé de son mari exigeait un prompt départ pour l'Italie; cependant elle ne pouvait se résoudre à abandonner la petite malade, à laquelle le baron s'attachait de plus en plus. Après avoir beaucoup hésité, elle se décida à emmener l'enfant en Italie. Les soins dont elle était l'objet rendirent bientôt la santé à Mignonne, et le baron lui-même, à qui elle rappelait la petite-fille qu'il avait perdue, sembla reprendre des forces. La baronne, qui savait maintenant toute l'histoire de sa petite protégée, qui avait appris à connaître tous ses défauts et s'appliquait à les corriger en la traitant avec une fermeté qui n'excluait pas une douceur extrême, formait toujours le projet de rendre la petite fille à sa grand'mère. Mais pendant cinq ans les circonstances semblèrent s'opposer à ce qu'elle pût accomplir ce dessein. Le baron, dont la présence de Mignonne avait prolongé la vie, s'éteignit sans douleur, et sa veuve n'eut plus à aimer sur la terre que la petite fille qu'elle avait recueillie.

Mignonne, de son côté, s'était attachée à sa protectrice. Elle était devenue aussi docile qu'elle l'était peu jadis. Elle parlait souvent de sa bonne grand'-mère, dont elle se souvenait parfaitement, et elle regrettait les chagrins qu'elle lui avait causés.

« Quand je serai bien sûre que tu es tout à fait corrigée de ton penchant à la désobéissance, lui disait parfois la baronne, je te réunirai à ta grand'mère.

— Et...? interrogea la mère Jeanne, le cœur palpitant.

— Et... reprit la baronne, Mignonne est complètement corrigée; aussi je vais vous la rendre, ou plutôt la partager avec vous; car nous ne nous quitterons plus. Comme elle n'était jamais entrée dans le château, elle n'a pu le reconnaître, et comme depuis notre arrivée elle n'est pas sortie dans le village, elle ne se doute pas qu'elle est si près de vous. Je me réjouis en pensant à la surprise qu'elle va éprouver. Suivez-moi. »

Jeanne ne demanda pas mieux. Elle suivit la baronne dans le jardin, et aperçut bientôt une jeune fille en deuil occupée à cueillir des fleurs dont elle emplissait un petit panier.

Mignonne (car c'était elle), en entendant du bruit, se retourna pour voir ce qui arrivait, et, rejetant vivement en arrière ses boucles de cheveux, découvrit son charmant visage, bien plus charmant qu'il ne l'était autrefois, grâce à l'expression de douceur et de bonté qu'on pouvait y lire.

Elle reconnut aussitôt sa grand'mère, et, poussant un cri de joie, s'élança dans ses bras.

« Pardonnez-moi, dit la baronne à l'heureuse femme, de l'avoir gardée si longtemps; je vous la rends meilleure qu'elle n'était quand je vous l'ai prise. »

Qui fut bien étonné? Ce fut le village de S..., ou plutôt ses habitants, en voyant la mère Jeanne s'installer au château des fées, et la Mignonne de la maison verte devenue une belle demoiselle.

« C'est égal, murmuraient les malins (et Jean-Baptiste était du nombre) il y a quelque chose dans tout cela qui n'est pas naturel. »

Ce qu'il y eut de très naturel, et surtout de très louable aux yeux de tous les gens de bien, c'est que, quelques années plus tard, Mlle Mignonne, pour mettre à profit l'éducation qu'elle avait reçue, transforma l'un des salons du château en une vaste classe où, avec le concours de la baronne, elle se chargeait d'instruire les petites filles pauvres de tout le pays environnant.

La mère Jeanne ne restait pas oisive; elle montrait aux élèves de cette école d'un nouveau genre le grand art de raccommoder le linge et de tricoter les bas.

Deux ou trois fois dans l'année, entre autres le jour de la Sainte-Catherine, les écoliers de Mignonne dansaient aux sons d'un joyeux orchestre.

Et sans avoir fait auparavant de visite au cabaret, le bonhomme Jean-Baptiste pouvait voir les fenêtres du château illuminées comme pour une fête. et les ombres des danseurs passer et repasser.

Mais ni lui ni personne ne songeait plus à s'en étonner, car on connaissait les trois bonnes fées qui donnaient la fête, et tout le monde savait le secret des mystères du vieux château.

FIN

TABLE

24851. — Tours, impr. Mame.

www.ingramcontent.com/pod-product-compliance
Ingram Content Group UK Ltd.
Pitfield, Milton Keynes, MK11 3LW, UK
UKHW021228230726
13926UKWH00003B/1302